詭軼紀事

壹

清明斷魂祭

記錄詭譎散軼的靈異故事之書

Div（另一種聲音）、星子、
龍雲、笭菁——著

目錄

第一篇——清明墳——Div（另一種聲音）●

有一條繩子。

鮮紅色。

盤繞在一個纖細白皙的脖子上。

繩子正在收緊，繩子的紅色越來越鮮明，有如致命毒蛇，正貪婪汲取這纖細脖子上的養分。

「怎麼辦？怎麼辦？」拉繩的一雙手，是一對粗大的少年之手，他一邊拉著繩子，一邊哀嚎，「哥，我們闖禍了，怎麼辦？怎麼辦？我從來沒有殺過人，這屍體，這屍體怎麼辦？」

「還能怎麼辦！」少年哥哥的聲音相形之下，冷血可怕許多，「既然殺人了，不想坐牢，就得滅屍。」

「怎麼滅？滅完怎麼丟？這些我都不懂啊。我才二十歲，我還在念大學，我不想一輩子在監獄裡面過！」弟弟聲音帶著哭音，「你不是說那個老師，那個老師什麼都懂，他有教你什麼嗎？」

「你怕什麼怕！」少年哥哥低喝了一聲，「當時最想幹這件事的不是你嗎？我是有問過老師，他反問了我一句話，我覺得很有道理。」

「那句話？」

「他說，藏屍體最適合的地方究竟是哪？」

「哪？」

「當然是，」這一剎那，哥哥臉上浮現了一抹殘忍而陰森的笑，「專門安置屍體，也就是屍體最多的地方。」

小龍是大學生，今年二十二歲，他家有四口，爸爸，媽媽，小龍與一個妹妹，每年清明時節，小龍都會陪著爸爸一起去掃墓。

掃墓這件事對半數以上的台灣小孩而言，絕對不陌生，通常就是一大早起床，拎著前一晚準備好的鮮花蔬果，坐上爸爸開的車，搖搖晃晃的開向祖先的墓園。

在墓園中，會與家族其他人會合，家族大的，一次掃墓會圍上三四十人，家族小的，可能就是簡簡單單的四五人，當到達墓園，人們會整理一下墳墓，奉上祭品，點上三炷香，祝禱之後，燒紙錢。

而小龍也是這樣以爲，他以爲這一年的掃墓也會一如往常，來到靈骨塔祭拜後，燒燒金紙，拜拜靈骨塔，就能夠回到家裡吃老媽親手製作的潤餅，繼續窩在他的房間打電動……但，小龍發現，從他爸爸正在打電話的樣子來推測，今年似乎會略有不同？

「媽，妳說什麼？小阿叔的墓？可是好多年沒去掃了，實在不知道在……」和爸爸講電話的對象，肯定就是住在鄉下、剛過八十大壽的阿嬤。

阿嬤不知道說了什麼，爸爸一臉爲難，「我知道，我知道，小阿叔的墓多年沒人掃，因爲小阿叔當年自己離開了老家，嗯，妳說什麼？妳夢到小阿叔？」

「好啦好啦，我聯絡看看，小阿叔雖然沒有子嗣，不過好像有個養女，她應該知道小阿叔的墓在哪！」爸爸終於屈服於阿嬤的要求，最後，總是孝順的爸爸還不忘叮嚀，「媽，清明快到了，人家說春天的天氣像後母，早晚溫差大，出門要記得穿多一些。」

小龍的阿嬤在電話裡頭又說了幾句，小龍爸爸才點頭，「嗯，好，媽，就這樣了，我會去問問啦。」

電話掛上時，剛好迎向一旁小龍關切的眼神。

「好啦，今年我們有了新的任務。」爸爸苦笑，「我們得找到小阿叔的墓。」

「所以，我們得多掃一個地方？」

「如果只是多掃一個地方倒還好。」爸爸嘆氣，「現在問題是，我的小阿叔，也就是你的小叔公，根本沒有人知道他的墓在哪！」

「爸，小叔公是誰？我有看過他嗎？」

「小阿叔，也就是你們的小叔公，在家裡排行第六，從小就很愛瞑夢，說什麼要拍電影，要當大老闆，還會變戲法，那時候我們小孩子可是很崇拜他的。」爸爸說起他的小阿叔，還是忍不住搖了搖頭，「但最後錢沒有賺到，書也沒有念好，最後還迷上賭博。」

「那不是很糟糕嗎？」這時，小龍的妹妹，小嵐也湊過來聽。

「有段時間確實蠻糟糕的，他連家都不回，本以爲從此見不到他了，但有天他卻突然回來，那一晚抱了你阿嬤，也抱你阿公，到了晚上，他一個人坐在三合院的椅子上抽菸，還對我說了一番話。」

「他說了什麼？」

「他說，他這輩子雖然莽撞，愛做夢，也迷惘過，但不會害人。」爸爸說，「有件事雖然麻煩又危險，但他非處理不可。」

「我當時是聽得霧煞煞……不過現在仔細想想，他好像還對我說了幾句我完全聽不懂的話。」爸爸說，「他對我說謝謝。」

「咦。」

「他說，要和我說謝謝，也要和『我的家人』說謝謝，」爸爸笑了，「當時我真的聽不懂，我還是小孩，哪來自己的家人，我的家人不就是小叔公的家人嗎？」

「是喔，然後呢？」小龍和小嵐往前靠近，他們忍不住覺得，小叔公雖然曾經迷失，但似乎是一個神祕而有趣的人。

「過了那一天晚上，小叔公就收拾行李，默默離開了，之後幾乎沒有人見過他。」

「嗯。」

「後來關於小叔公的消息也是片片段段的，聽說他經歷了某些事，沒有結婚但領養了一個女兒，十年前過世，可是也沒人發帖子過來，就這樣自己默默走了。」爸爸說，「沒想到，這麼多年後，你們阿嬤還是夢到了他，可能是阿嬤身爲小叔公的大嫂，畢竟放不下吧。」

「嗯。」

「唉，和你們說了小叔公，讓我有點想念起他了，那我們今年就走一趟，多掃一個墓囉。」爸爸拿起電話，「我來問問看親戚有沒人知道……小阿叔女兒的聯絡方式。」

電話輾轉傳了幾個人，不知道轉了幾手……爸爸才終於在表姐堂弟舅媽外甥叔叔姑丈的兒子那裡，找到了小叔公養女的兒子。

這個孫子年紀比小龍大一些，二十幾歲，已經出來工作，在水電行當學徒幾年，快要出師了。

「啊，你說我阿公嗎？關於我阿公，我們也是幾年才掃一次，主要我媽這幾年身體不好，不方便走路。因爲是阿公的墓不在政府規劃的公墓區啊，他葬在舊式的舊墳區，地點偏僻，沒人管理，很不好找，我們約個地方，我畫地圖給你吧。」

於是，爸爸特地開車去了這個小叔公養女的兒子的家裡，拿到了一個簡略的地圖，還有聽了對方說了小叔公生前的一些故事。

小叔公的孫子說，小叔公後來在路邊擺攤賣麵，生活雖然清苦，但也是腳踏實地的賺錢，只是他從來不提自己的過去，就算有人問起，他也只是搖頭不語。

但說到這，小叔公的孫子卻像是想起了什麼似的，提到了一件事，他說當他還是小孩子的時候，有次在麵攤玩耍，突然來了一男一女，說要找小叔公。

要知道小叔公的麵攤開在大馬路邊，平常來吃麵的多半是附近的工人，身上總帶著厚灰和深色油漬，說話大聲，皮膚黝黑，有時候會喝點酒來配麵。

但這兩個人卻完全不同，男的西裝筆挺，女的高貴優雅，女子有點凸起的小腹似乎懷有身孕，他們坐在小麵攤的椅子上，一看就知道有求於小叔公。

小叔公一開始只是搖頭，到後來嘆了一口氣，終於點了點頭，這對男女顯得很開心，男子抓著小叔公的雙手不斷低頭感謝，而女子則撫摸著肚子神情無比欣慰。

而那一天，小叔公很罕見的提早收了麵攤，拿出已經多年不沾的酒，坐在後院石階上，看著月亮，慢慢一口一口喝著，當酒意漸濃，還說了一些令人聽不懂的話。

「實在是不忍心啊，但那個胎兒是無辜的，眞的非出手不可了。」小叔公嘆氣，「但這個忙一旦幫了，就不好躲了。」

「唉。」小叔公仰起頭，注視著此刻的一輪明月，喃喃自語著，這一出手，「我的壽命應該就剩三年了，剩下沒解完的部分，只能交給後人了，眞的只能交給後人了。」

說巧不巧，說怪也怪，恰好三年後，小叔公過世了。

而死時，小叔公更交代，不要葬在公墓裡，要在一個舊墳區安葬，掃不掃墓都不重要，因爲時機到了，自然有人會幫他掃墓。

清晨五點半，小龍就被爸爸搖醒，踏上了清明掃墓之旅，習俗上女孩不用掃墓，所以只有小龍與爸爸兩人一起行動。

「小叔公的墓在新北市的鄉間，我先開車，你幫我看地圖。」

小龍的爸爸開著車，在新北市的鄉間繞啊繞，繞到了一條小路旁。

「這裡要彎進去。」小龍拿著地圖，對著爸爸說。

「嗯，好小的路。」爸爸一個右轉，車子拐進了一條小路。

「等等要右轉。」

「右轉？明明就沒有路，啊，不對，還眞的眞的有路耶。」爸爸吃驚，右手一轉，轉向了小路。

「前面的竹林，要左轉。」小龍一邊研究著地圖，一邊說。

「嗯，路又小又飄雨，視線不太好。」爸爸說，「我開慢一點。」

一台車，兩個人，就這樣在這細雨綿綿的天氣，就這樣在鄉間彎曲的小路、茂密的竹林之中，開了約莫四十分鐘的車，終於到了一個車子無法再前進的地方。

「車子不能往前了。」爸爸停好了車，「但好像就在這附近了！」

「難怪小叔公養女的兒子會說小叔公的墓很偏僻，這裡光是開車就這麼久，下了車還有一段路要走。」小龍拿著地圖，從後車廂拿出一籠鮮花素果。

「嗯，帶把傘吧。」

「好。」小龍撐起了傘，此刻的天空一如過往的清明時節，陰陰的光線，下著細雨的天空。

兩人就這樣一前一後朝著目的地前進，走了五分鐘，眼前出現了一隆又一隆的土堆，土堆前座落有著陳舊的石頭墓碑。

「這裡好像很少人來掃墓，快和大自然合爲一體了。」小龍湊近這些土堆，試圖撥開樹葉，看清楚土堆前石碑的名字。

只是不只墳墓不容易被分辨，連石碑上的字都已模糊不清。

「看樣子，要找到小叔公的墓，要費一番工夫。」面對如此棘手的狀況，爸爸倒是沒有氣餒，反而燃起了鬥志，他捲起了袖子，「小龍，你去檢查左邊，我看右邊，一路看過去，記住，你小叔公名字中有一個萬字，還有一個乘。」

「萬字筆畫多又字型方正，比較好分，但這些墓沒有排成直線，到處散落，眞的要費點工夫。」小龍掏出手機對著墓碑就要拍照，「我用照片放大看，可能比較清楚……」

「等一下，小龍，在墓地不能拍照！」

「眞的？」小龍嚇了一跳，「有這件事？」

「雖說只是一個習俗，但墓地很陰，又是清明節，亂拍照會驚擾祖先，把手機收起來吧。」老爸搖了搖手，「就用手撥開草，然後以眼睛檢查吧。」

「好吧。」小龍嘆了口氣，把手機塞回口袋，然後蹲下身子，開始檢查，

「希望中午前能找得到。」

雨，就這樣細細落下，而兩個人專心在散亂的墓區中前進著，不知不覺，就越走越散，各自往舊墳區的兩側走去。

「這個墓碑上有萬，但沒有乘，這個字有點像，啊，是女的啊。」小龍每找一個，就會雙手合十拜一拜，就怕驚擾到死者。

「我是來找我小叔公的，如果擾亂到大家，請見諒喔。」小龍邊說邊找，忽然，他抬起頭，「咦？爸爸呢？」

在這片充滿自然氣息的舊墳區，小龍發現自己已經看不到爸爸了。

「走遠了。」小龍伸了伸懶腰，他看著眼前的鄉間，天空陰雨，樹影交錯，想起自己竟然在這裡摸著找墓碑，不禁覺得頗爲好笑。

「如果傳照片給網路上的朋友，他們一定不信吧。」小龍邊笑著，順手拿起手機，咔擦一聲拍了照片。

但他才按下拍照鍵，突然動作一停。

「啊，爸爸說墳墓區不能拍照！但我拍了耶……不過，只拍一下應該沒關係吧？而且也沒有拍到這些墳墓，管他的，什麼叫做墳墓區不能拍照，光想就知道是迷信。」小龍自言自語，口裡雖然嘴硬，但還是將手上的手機默默塞回了口袋。

「這邊也沒剩幾個墓了，找完就回去和爸爸會合吧。」

但就在這時候，小龍忽然發現，這鄉間舊墓園的盡頭，不知道何時竟然站著一個人！

身形略瘦，及耳短髮，手裡撐著傘，正看著她面前的那座土堆。

「咦？」小龍感到心臟一跳，這幾乎沒有人煙的墳墓區，怎麼會有一個年輕女孩孤身在這？

只見那女孩專注的看著那土堆，動也不動，而小龍則感到呼吸緊促，他遲疑著，終於鼓起勇氣打了招呼。

「嗨，妳，也是來掃墓的嗎？」

只見那女孩慢慢抬起頭，把臉轉向了小龍，而這一剎那，小龍以爲自己會看到一張雙眼是血窟窿的臉，很可惜，這女孩的五官很正常。

細細的眉毛，白白淨淨的臉，一雙漂亮單眼皮眼睛，脖子繫著一條紅繩項鍊。

「嗯。」女孩點頭。

「妳一個人啊？」小龍忍不住又問。

「嗯……」

而就在此刻，小龍聽到遠處傳來人們說話聲，似乎在找著誰，聲音越來越靠近，小龍轉頭，看向人聲的方向。

「啊，有另外的家族來掃墓，原來不只我們而已。」小龍看到人群走來，頓時鬆了一口氣，回過頭問女孩。「對了，妳是哪裡來的呢？」

只是，小龍的問題並沒有得到答案，因爲他回頭時，發現那女孩卻已經不見了；同時間，那群吵雜的家族也來了，那是幾個大媽、幾個大叔、還有一些年輕人，他們抱怨的聲音傳入了小龍耳中。

「每年要找阿祖的墓都要找很久！」一個年輕人碎碎唸道，「到底什麼時候才能遷啊？」

「你三伯公不肯啊，說這裡風水很好啊。」一個年紀約莫四十幾歲的女人說，「什麼風生水起，三陽開泰，日出東方，霸王卸甲的。」

「而且每年擲筊都沒過啊。」另一個人也加入話題，「主要是阿祖喜歡這裡啦。」

「明年再擲一次，我們再問一次阿祖啦。」

「不只阿祖，也得三伯公同意啊。」

「快點啦，我們拜完還要趕回基隆。」

「你們基隆還好吧，我們還要回台中勒。」

這群人吵吵鬧鬧的走過小龍附近，頓時把下著微雨墳墓區的氣氛弄得輕鬆不少，而小龍隱約看見那短髮女子，就混在這群人之中，似乎也是這家族的一份子。

「唉，這女孩原來和他們是一起的啊！就說不要自己嚇自己啦。」小龍吐出一口氣，繼續往下找了幾個墓，也就在這時候，他的手機鈴聲突然響起。

「啊！」小龍嚇了一跳，拿起手機看去，正是爸爸。

「找到你小叔公了。」爸爸的聲音從電話中傳了過來，帶著鬆了一口氣的疲倦。「在我這個方向，你走過來吧。」

「喔好。」小龍看了看手機，時間是下午一點十一分，找了大概兩個小時，不過時間不算晚，拜完之後還趕得及回家吃吃潤餅，然後打上幾場電動。

也就在小龍要回頭去找爸爸的同時，他感到腳尖踩到了一個異物，他低頭，赫然發現，這硬物外型呈長方形，約莫手掌大小，竟是一支手機。

「手機，是剛剛那女孩掉的嗎？」小龍抬起頭，四處尋找女孩的身影，卻發現剛剛吵鬧的家族不知道何時已經離開，伴隨著遠方隱隱的引擎聲，可能已經上車走了。

「等一下就會回來了吧。」小龍轉身，朝著爸爸的方向前進，「手機對現代人很重要，應該很快就會回來撿了吧？」

於是，小龍繼續朝著爸爸方向走了幾步，而他腦袋忍不住想起剛剛女孩的模樣，短短的頭髮，白淨的臉龐，單眼皮眼睛，脖子繫著紅繩項鍊，如果她一直找不到手機，她的家人又不肯回到這偏僻的墓區回來找，她應該會很著急吧？

如果小龍把手機撿起來，至少可以聯絡她，然後把手機寄給她，甚至是和她約在捷運站，親手把手機寄給她。

想到這裡，小龍往前走了幾步之後，又停了下來。

「好啦好啦我幫忙就是了。」小龍按捺不住良心的督促，終於跑了回來，彎下腰，把地上的手機撈起，抹去上面的污泥，然後邁開腳步，朝著爸爸方向跑去。

小叔公的墓，上面長滿了雜草，小龍在土堆不斷爬上爬下，用鐮刀割出了平整的土堆，小龍是平常與電腦爲伍的大學生，這些粗活只做了半小時，就累得他氣喘吁吁。

而小龍爸爸則是拿出抹布，擦拭小叔公的墓碑，然後擺上鮮花素果，終於兩人整理完畢，爸爸點了香，分給小龍，兩人虔誠祝禱。

「小阿叔，我知道很多年沒來看您，今年我媽媽，特地要我來看看您。」小龍爸爸說，「也要請問您，您現在一個人住在這，雖然左右鄰居不少，但就是少了親人祭拜，您願不願意同意讓我遷葬，我們把您遷到靈骨塔，那裡有菩薩照應，也和其他親人一起，我們也好照應？」

說完，爸爸擲了手上的筊，卻見筊在地面上滾了幾圈，出現了兩個平面，是俗稱的笑筊。

「笑筊！」小龍湊近一看，「小叔公笑笑不答？」

所謂的擲筊，就是拿專門的筊向神明或先人請示意見，筊成月形，共有兩面，一面為凸一面為平，每次都會使用一對筊來請示，若出現一凸一平，人稱「聖筊」，也就是神明或先祖點頭答應。若是兩平面，人稱「笑筊」，就是微笑不答。或是兩凸面，人稱「陰筊」，表示神命憤怒，或是直接否定。

「小阿叔，我有問過您的後人啦，他們也說，只要擲筊時您同意，他們沒有意見，而我會處理後續遷墓的部分。」小龍爸爸繼續誠心祝禱，然後再次擲筊，「這部分您不用擔心。」

只見這一對紅色的筊在地面彈跳翻滾了兩圈，最後又是兩個平面。

「又是笑筊！」小龍抓了抓頭，看向爸爸，「小叔公還是不肯？」

「小阿叔，你還有掛心的事？是家族裡面的事嗎？」爸爸再次擲筊，卻見筊在地上左右彈開，撞了幾下，最後又是一雙帶笑意的平面。

「又是笑筊。」

「嗯，怪了，如果小阿叔不肯遷墓，應該是給我一個『陰筊』，一直『笑筊』是什麼意思？」爸爸困惑的說，「更何況小阿叔還托夢給了阿嬤，說沒人掃他墓，希望我們來掃墓。」

「那換一個方式問，小阿叔，您想繼續在這裡住著嗎？」

說完，往地上一擲，紅色的筊往地上一落，各自朝自己的方向彈開，最後又是一對帶著笑意的平面。

「還是笑筊，第四個了。」小龍看著地面說道。

「您想搬家嗎？」

笑筊。

「您托夢給姐姐的原因是？」

笑筊。

「您想要你孫子親自來問嗎？」

笑筊。

「連七個了。」爸爸的神情越來越困惑。

「七個了。」小龍也吐了吐舌頭，腦袋像是數學課本般開始翻動計算，「假設兩個筊的的機率是固定的，擲出笑筊的機率是四分之一，連續七次……是四的七次方，四四十六，十六再乘以十六是兩百五十六，兩百五十六再乘上四……七次方好像是一萬六千多耶，我們剛剛創造出一萬六千多分之一的機率。」

「嗯，這就怪了。」爸爸吐出一口氣，「不然先回家問問你阿嬤，小阿叔夢裡還有說什麼，我們再來推敲一下。」

「爸爸，不然……」小龍開口，「還是我來試試看。」

「嗯？」爸爸看著小龍，遲疑了一下，「好，不然你來試試。」

「小叔公，我是小龍啦。」小龍接過這對筊，把它放在額頭，這剎那，小龍靈光一閃，「小叔公，如果你是有事要我們在這裡辦，就給我們一個聖筊。」

小龍雙手輕甩，手上的那一對神筊在空中畫出兩個輕巧的弧，扣扣的兩聲，在地上旋轉翻滾了兩圈，終於停下。

然後扣扣清脆兩聲，這對深紅且古老的神筊，在地面彈了兩下，然後在微微晃動中，停了下來。

一個是平。

另一個是凸。

「一平一凸，聖筊。」爸爸詫異的抬頭，看著小龍，「這一次，小阿叔同意了。」

「所以，小叔公有事情要我們辦？」

「但，究竟是什麼事？」

小龍與爸爸兩人面面相覷，在這個下著微雨的清明，而時間，已經緩緩進入了午後。

小叔公要他們辦的事情，又是什麼？

回到家，小龍先洗了一個澡，然後回到房間，掏出了外套口袋內的那支撿到的舊手機。

「我得快點聯絡人家，」小龍按了幾下開機鍵，卻發現手機的螢幕仍是一片寂靜的黑，「欸？沒電了？」

「怎麼會沒電?我回來的路上也不過兩三個小時。」小龍又按了幾次,嘆口氣,開始翻找桌上的充電線,「好吧,幫它充電。」

「幸好,現在手機的充電線都是共用的,先幫它把電充飽,才能去找主人。」小龍把舊手機接上了充電器,同時間,登的一聲,舊手機的螢幕終於亮起,出現了一個已然耗竭的電池圖形。

「終於可以開始充電了。」小龍吹了聲口哨,「這女孩也太有趣了,現代人都怕手機沒電,到處都有充電區,更有隨身電池,這女孩怎麼會把手機用到完全沒電?」

而就在等待手機充電的同時,小龍聽到樓下妹妹的喊聲,「哥,媽媽弄好了,準備吃潤餅了。」

「好。」小龍看了一眼這手機螢幕,還在最開始的充電狀態,此時系統尚未啓動,至少要等到有約莫5%的電量,系統才能啓動。換句話說,手機要眞正開啓,可能還要十分鐘以後。

於是,小龍決定下樓,先吃頓潤餅大餐再說。

來到樓下，只見妹妹神情懊惱，而媽媽則一邊表情不悅的準備晚上拜拜的東西，由媽媽剁肉如此響亮的聲音來判斷，小龍猜測她們應該吵架了。

「幹嘛？發生了什麼事？」小龍湊近妹妹旁邊問道。

「難得清明連假，小昕她們找我去玩，要去夜宿山上，但媽媽不准。」妹妹咬下一大口潤餅。

「當然不准，妳才幾歲，剛上大一幾個女生就要夜宿山上？」媽媽接口。

「哪有幾個女生，有男生好嗎？」

「什麼！還有男生!?幾個？叫什麼名字？」

「媽！妳管很多耶！」妹妹說，「之前迎新宿營，我不也過夜……」

「迎新宿營不一樣啊！」這時媽媽聲音變大了，「那是你們系上的傳統，而且有這麼多學長姐在帶隊，但妳這次夜宿不一樣，妳才剛上大一，和妳班上同學很熟嗎？」

「就是要一起出去玩，才會熟啊。」

「妳們這些小女孩就是這麼天真！」媽媽嘴裡嘮嘮叨叨，「妳不看看社會新聞，那個女業務分屍案、水塔溶屍案，對了，一年前還有一個，女大學生失蹤案，好像就是在清明節。」

「媽！妳就是社會新聞看太多了啦！那些新聞為了刺激收視率，都刻意寫得很聳動！妳被影響了啦！」

「還說我被影響！那個女大生失蹤案，也是大學生小團體出遊，就她一人在山上突然失蹤，到現在還沒有找到屍體，警察問過所有的同學，結果都沒有找到線索。」媽媽越講越氣，手上剁肉的力道也越來越強！

小龍聽得是膽戰心驚，就怕媽媽再剁下去，向來相親相愛的砧板和菜刀，就怕會在他媽手下分出勝負！

「那件事是不是殺人案也沒人知道。」妹妹說，「搞不好只是失蹤案。」

「不可能，一定是殺人案。」

「警察說，不只女學生的屍體，連手機和所有的物品都找不到，不排除是失蹤案。」

「哈，妳也很清楚這案子啊。」媽媽瞪了妹妹一眼，「表示妳也很常看凶殺案！還敢說我？」

「我，我，一年前的清明節女學生失蹤案，算是鬧得蠻大的啊，我們班上有討論。」

聽著她們吵架，小龍只能嘆口氣，大口咬下潤餅，潤餅內的高麗菜、蛋酥、花生粉、豆干等，豐富且美好的滋味瞬間舌尖綻放，而他耳畔的那些爭吵，頓時化成毫無意義的微風，變得不太重要了。

回到房間，小龍再次打開這支舊手機，已經充電到達10%的手機，終於願意乖乖開啓了。

看著手機出現開機約莫二十秒的開機畫面，小龍歪著頭，他自言自語，「糟糕，不知道手機有沒有設定密碼？如果有設定，就不能開了……」

「而且我也不是這手機的主人，也不能靠臉部辨識來開機。」小龍嘆氣，「如果眞是這樣，那就只能等失主打來了。」

而就在小龍擔心之際，手機螢幕已經亮出盈盈的白光，而開機畫面換成如同計算機的一排數字，果然，是要解鎖的。

「怎麼辦？」小龍拿起這舊手機，眼睛盯著看，手機捕捉到小龍的五官，頓了一秒，立即判斷這是錯誤的人臉輪廓，再次跳回數字畫面。

「廢話，手機又不認識我的臉，也只能等了。」小龍無奈的用拿著手機的手，抓了抓頭髮，但也就是這一抓，也就是這時刻，一件奇怪的事情發生了。

手機像是感應到了什麼，登的一聲，竟然解鎖了。

「解鎖了？」小龍嚇了一跳，「是故障了嗎？自動解鎖？」

小龍看著手機，再次把手機放到耳際，這時手機的螢幕朝著小龍的正後方，後面明明就沒有人，手機卻像是異常般，再次亮起，又把鎖打開了。

小龍轉過身子，東瞧西瞧，這是他的房間，房間裡面有一張戰鬥機的海報，一張床，這裡哪有能讓手機自動解鎖的東西？

「是因爲在舊墳區摔到濕濕的地板？還是電池耗盡？把系統弄壞了？手機怎麼變成這樣？」小龍納悶的抓了抓頭髮，開始研究下一步，「一般手機裡面不會有原持有人的聯絡方式，但持有人一旦丟失手機，一定會拼命打電話給自己……所以我只要找最後的未接來電，應該就可以聯絡上失主！對，就這麼做！」

小龍再次將注意力集中到手機上，果然，畫面出現了下午才看到的那女孩的畫面，短短的頭髮、清秀的五官，只是手機畫面上的她穿著更爲亮麗，穿著白色小洋裝、披著桃紅色的薄外套，看起來很漂亮也很可愛。

這型，眞的是小龍的菜。

「嗯，如果可以順便約她出來也不錯……啊，我在想什麼！」小龍抓了抓頭髮，「對了，照片裡面她沒有戴那條紅繩項鍊，但還是很可愛。」

小龍呆呆看著手機畫面上女孩的樣子十幾秒，才像驚醒般趕快進入了通話選單，一進到通話選單，他忍不住啊的一聲。

「好多……好多未接來電！」小龍張大嘴巴。

超過三十通以上的未接來電，佔據了整整三頁的頁面，顯然這支手機被找尋了很多次！小龍感到一陣愧疚，難道是手機被他帶回家的這段時間，有人不斷的找它？在這份愧疚的情感下，小龍立馬點下最後一通，也是來電數目最多的那支手機，按下回撥。

嘟……嘟……嘟……電話進入等待接聽的狀態。

就這樣，小龍等了將近一分鐘，就當小龍要放棄的時候，咔的一聲，對方接聽了。

而同時間，小龍不自覺的豎起了耳朵，準備聽到那曾經聽過，柔細且溫和的女子聲音。

但奇怪的是，對方沒有說話，小龍甚至隱隱聽到，對方傳來隱約的喘氣聲。

終於，小龍主動開口了。

「喂，嗯，不好意思，我是不是嚇到妳了？」小龍聲音內疚，「我今天撿到這支手機，想說替它找尋失主，請問，妳是這支手機的主人嗎？」

「……」

「真的不好意思，那可能是我弄錯了，我再找找看……」

「不，」突然間，對方開口了，但聲音卻是一個男子，「你是在哪……在哪裡……撿到這支手機的？」

聽到對方是男生，小龍原本期待的心情，登時往深谷下墜。

這男生會連打這麼多通電話給脖子上繫紅繩項鍊的女孩，八成就是她的男朋友，她手機掉了，借男友手機打電話，實在合情合理。

「在哪裡撿到的？就是那個什麼什麼的鄉間，附近有些私人墳墓的，嗯，應該是掃墓的時候掉的吧！」

「……」對方沉默了數秒，才又開口，「原來如此，你是在那個地方撿到的啊，很奇怪，當時我們怎麼找都找不到。」

「有時候就是這樣啊，東西在腳邊就是找不到，我在未接來電中找到你的名字，你和手機主人是什麼關係呢？」

「我和她是什麼關係？嘿。」

不知道是不是小龍自己的錯覺，他覺得對方的聲音，不似一開始那麼驚嚇，反而越來越冷靜，甚至透出一股冰冷的狠勁。

「對啊，又或者和我說，要怎麼聯繫上這手機的主人？」

「我和這手機主人的關係嗎……我是她哥。」對方說，「她掉了手機後，找好久好久呢。爲了幫她找，我打了好多通電話，沒想到最後是被你撿到了。」

「你是她哥啊？」小龍聲音不自覺的雀躍起來，「不是她……嗯，男朋友之類的？」

「我是她哥。」對方再次肯定的說一次，「那我們怎麼約？謝謝你幫忙撿到手機，我請你吃飯。」

「吃飯?不用不用啦，舉手之勞物歸原主而已啦。」小龍笑。

「吃飯一定要的。」對方說，「不然我們約你家附近，我有開車沒問題的。」

「你要特地來拿?」

「當然啊，這是我妹很重視的手機，身爲哥哥一定要快點幫她拿到。」

「那她……她會來嗎?」小龍忍不住還是想再看那脖子有著紅繩項鍊的女孩一眼。

「她?她……她不會來。」對方聲音這刹那變得古怪，但小龍卻沒有察覺，「她要家教，這時間得去幫小孩補習英文，她沒法過來，所以我拿就好了。」

「好吧。」小龍嘆了一口氣，說了他家附近的地址。

「好，就那，我開車過去，請你吃頓飯。」對方說，「我開車，一個小時後!」

「一個小時後?這麼急，喔，好吧。」

掛上手機，小龍伸了伸懶腰，好啦，準備赴約啦。

當小龍走出房間，他聽到爸爸房間傳來聲音，從爸爸的語氣來判斷，應該是和阿嬤說話。

「媽，真的，一直『笑筊』。」爸爸的聲音透著無奈，「對啦，小阿叔就是不肯遷墓，好像是還有事情沒有辦完，但確實不知道什麼事啊，啊，等一下媽，小龍過來了，我叫他聽電話。」

小龍一愣，「阿嬤找我？」

「是啦，你阿嬤找你。」爸爸把手機朝著小龍遞了過來，小龍滿臉狐疑，走入爸爸的房間，接過了爸爸手上的手機。

電話那頭，傳來阿嬤年老但是親切熟悉的聲音，「小龍啊，阿嬤那天做夢，不只夢到你小叔公，他還講到你。」

「講到我？」小龍感到背脊微微發涼。

「是啊，你小叔公在夢中講得斷斷續續，我也不是聽得很懂，但他說，就是這個清明節了。」阿嬤說，「這個清明，恰逢陰時陰月，一旦過了這個清明，冤魂轉厲，就不能超生了。」

「什麼，什麼意思，什麼叫做冤魂轉厲？不能超生？」小龍越聽越毛。

「我怎麼知道！在夢裡講的事情，怎麼聽得清楚！」阿嬤九十幾歲了，講話也不太清楚，「不過，你小叔公還說了幾句，他說，冤魂若是顯靈，本來怎麼出現的，就這樣讓它出現。」

「恩？這是什麼意思？」小龍的聲音繼續追問著，「阿嬤，妳可以再說一次嗎？」

「冤魂顯靈，本來怎麼出現的，就這樣讓它出現。」阿嬤又重複了一次，但重複一次之後毫無幫助啊，小龍發現自己還是聽不懂啊。

「呃，阿嬤……」

然後，阿嬤又交代了小龍幾句，什麼要多吃飯、多回家看阿嬤之類的叮嚀，而小龍簡單答應之後，就把手機又還給了爸爸。

離開了爸爸的房間，小龍感到越來越困惑，小叔公要辦的事到底是什麼？哎啊！他現在只希望趕快把手機物歸原主，回到他原本大學生又宅又簡單的電動人生啊！

才一下樓，就看見老媽和妹妹兩人正吃著潤餅，感情親密的湊在一起，看著手機。

「哈，不吵架了？」小龍忍不住問了。

「不吵了，我們發現了一個共同的興趣，就是研究過去的命案。」媽媽說，「小嵐，我跟妳說，我覺得最可怕的是箱屍案……」

「不是，溶屍案才可怕啦。」妹妹說，「但清明節的那個女孩也很可憐，現在還沒找到屍體，才二十幾歲……」

「清明節那個女孩眞的可憐，不對，她的照片看起來可年輕了，應該十幾歲而已吧？」

「哪有，她明明超過二十歲了。」

「十幾歲啦，我年紀老歸老，命案的記憶力可好得不得了。」老媽一口咬定。

「哪有！二十歲了！她大學生了不是嗎？念到大三就二十歲了啊。」妹妹聲音再次微微拉高。

「十幾歲！」

「二十歲！」

小龍聽到兩人又要吵起來，他不禁搖頭，一邊加快腳步，打算快點開溜，心裡忍不住覺得好笑。

這對母女其實很像，愛看命案，又對細節非常講究，再聊下去肯定會吵起來，但是吵完又會一起相親相愛的看懸疑命案。

等到小龍推門要離開，他還聽到背後傳來老媽與妹妹正在不斷升高的聲音，「喂！小龍你等等，你看一下照片來評評理！」

「我趕著出門啦。」小龍急忙推門離開，他可不想捲入這對神奇母女的爭吵漩渦裡面。

「我等一下傳照片給你，是媽媽老花眼了啦，她明明就是二十歲。」

小龍逃出了家裡，朝著家裡附近的約定地點走去，果然，他看到了前方停在路邊的寶藍色ＢＭＷ，當小龍帶著遲疑靠近時，車門自動打開了，裡面坐著一個年紀約莫比小龍大上兩三歲的男子，他開口道。

「你是電話中的小龍？」

「是。」

「來，上車。」那男子說。

「不，不用啦，還個手機而已。」小龍急忙揮手。

「不行，得讓我請頓飯。」

「不不不，只是手機而已。」小龍繼續拒絕。

「那至少請杯飲料。」那男子一笑。

「嗯，飲料是可以啦。」小龍見到對方這麼有誠意，就鬆了口，「但在那之前，不好意思，你可以先證明……你和手機主人的關係？」

「啊對對對，都忘記這件事了。」那男子咧嘴一笑，從手中掏出手機，然後滑了幾下，「找到了，這就是我和茗潔的合照。」

「茗潔？」

「就是手機的主人，她叫茗潔，有點奇怪嗎？我習慣和我妹互稱名字。」男子把手機螢幕亮在小龍面前。

而小龍確實看見了，這是一張三人合照，茗潔居中，身旁有兩個男子，而其中一個男子就是這位開著寶藍色ＢＭＷ的男人。

這時候茗潔沒有戴著那醒目的紅繩項鍊啊！小龍正想看得更仔細，對方卻已經將手機收起來，「怎麼樣，確定我和茗潔的關係了吧。」

「是啦。」小龍正要繼續說話，忽然，他感覺到身體失去重心，竟被對方的手一拉，拉入了車裡。

「別擔心，請一杯飲料而已。」那男子用手拍了拍小龍的肩膀，「我來開車，你把門關上。」

被拉入車內，小龍先是嚇了一跳，但只感覺到一陣猛力的貼背感傳來，這台寶藍色的ＢＭＷ已經往前衝去，匆忙之間，小龍只能急忙把門關上。

「坐好囉，我開車很快的。」男子踩下油門，這台以瞬間加速著稱的ＢＭＷ彷彿得到了解放，引擎充滿力道的咆哮一聲，開始往前。

「其實，我不用喝什麼……」

「別這樣，我們聊聊。」男子一邊高速駕駛著，一邊說著話，「我記得你說過，我妹的手機你是在那個舊墳區找到的？」

「是啊。」

「撿到手機這件事，你有和別人說過嗎？」

「沒有……」

「眞的沒有？」

「沒有。」小龍心裡起疑，「你問這幹嘛？」

「沒事。」那男子轉了半圈方向盤，朝著遠離市區的方向開了過去。

「你要去哪？」

「我會請你吃飯，不過在那之前，有件還算重要的事情，要你幫忙確認。」

男子繼續笑著。

「什麼事？」

「我想知道你是在哪裡撿到手機的，我們回去現場看看，怎麼樣？」

「回去舊墳區？那裡很遠耶。」小龍察覺到不對勁，「你到底想幹嘛？」

「我得回去看看，當時找了半天都找不到的手機，怎麼會突然跑出來？」那男人看著小龍，此刻的他，眼神越來越陰冷，「一定得確認一下，就怕有其他的東西也露出來了。」

「你在說什麼？聽不懂。」小龍皺眉，同時間，他的手機傳來嗶嗶兩聲，是簡訊傳來的聲音。

小龍帶著疑惑的開啓手機，這是妹妹傳來的。

「哥！你幫我評評理！這女孩明明就已經二十幾歲，媽媽硬說她像高中生！」

這女孩？

小龍的手輕輕一滑，滑到了下方的照片。

然後，一股寒氣，瞬間從背脊一直涼到腦門。

「這是……」小龍把手機放到了眼前，這張臉，這張臉不就是……舊墳區遇到的短髮女孩嗎！

小龍急忙拿起從墳墓中撿到的手機，想要再次確認手機內的照片，但手機又鎖住，小龍想起剛才開鎖的方法，放到耳際抓了抓，登的一聲，這手機又奇怪的打開了。

當手機的螢幕完全顯現，小龍將兩支手機對在一起，他再次肯定了，手機上的照片，就是一年前失蹤的女孩，短髮、白皙的皮膚、單眼皮的美女。

她就是，茗潔！

可是，爲什麼妹妹會有她的照片？只見妹妹的照片下方，又跟著打了一行字。

「哥，我知道這女孩很漂亮，但看了可別亂心動，因爲這是一年前清明節消失女生的照片，你評評理，媽媽是不是老花眼了，說她十幾歲？」

清明節消失女生的照片？

是茗潔？是手機的主人？如果茗潔當時消失了，那她手機怎麼會掉在舊墳區？而眼前這個稱自己是茗潔哥哥的男人，又和這件事有什麼關係？

小龍感到呼吸越來越困難，在巨大驚嚇之下，他忍不住喊了出來，「茗潔，茗潔是一年前在清明節失蹤的女孩！她的手機爲什麼會突然出現？而你爲什麼出來認領？」

「啊？」男子開著車，也在這一剎那，原本維持著笑意的臉龐，變得陰冷而恐怖，「你，發，現，了，啊。」

「我要報警，這是茗潔的手機！如果茗潔的手機出現了，代表一年前的懸案露出曙光了！」小龍一激動，心直口快，什麼都說了出來。

「報警？是嗎？」男子笑了兩聲，「欸，後面的傢伙，可以動手了。」

後面的傢伙，可以動手了？

下一秒，小龍突然感覺到口鼻被一塊布給覆蓋住，隨即，布中那濃烈嗆鼻的丙酮氣味，透過鼻腔衝入了他腦門。

當丙酮氣味如海浪般淹沒了他意識，他隱隱聽到了那男子陰冷的笑聲。

「現在的年輕人就是傻，上了車，也不會觀察一下後座有沒有躲人啊？」男子說著，「你知道從後座直接偷襲，萬無一失嗎？」

小龍還來不及完全想通這句話的意思，他已經陷入了深沉的昏迷之中，徹底的失去了意識。

小龍不知道自己睡了多久，但等到他醒來時，他發現自己正躺在一片荒野之中，天色已經微暗，周圍是一壟又一壟的土堆。

小龍睜開眼，來自脖子的不適感，讓他忍不住伸手想抓。

但他手才想伸起，就被另外一隻大手緊緊抓著，隨即小龍感覺到，自己身體正被壓制著，動彈不得。

「大哥，他，他醒了。」眼前，是一張陌生的臉龐，就是這個人從後座偷襲他嗎？

「比想像中快醒呢。」這個被稱做大哥的人，正是駕駛寶藍色ＢＭＷ的男人，他一腳踩著小龍，嘴裡叼著菸，「我以爲這傢伙在被吊上去的時候，才會醒過來。」

「被吊上去？你們到底想要對我做什麼？」小龍驚駭的扭動了幾下，他發現脖子上的不適感，竟是來自一條麻繩。

又粗又長的麻繩，正緊緊捆著自己的脖子。

「還用說，用你自己身體的重量，把你吊死啊。」

「啊啊啊。」小龍恐懼的掙扎著，但他發現這條麻繩，正繞過了前方的樹幹，就要往後拉去，「爲什麼，爲什麼你們要，要殺我!?」

「因爲你撿到不該撿到的東西。」那個大哥冷笑，「那女孩的手機，在當時莫名其妙不見了，我們怎麼找都找不到，本以爲這東西自然沒電，就沒人找得到了，誰知道怎麼會莫名其妙的又出現？還被你撿到？」

「我不知道，我只是撿到手機……」小龍急得哭了出來，他看著這條麻繩正不斷的往後退，等退到一定的距離，他就要被拉起，靠著細細的脖子支撐全身的重量，「我什麼都沒有說！我什麼都不知道！」

「你什麼不知道？是嗎？但你已經知道這手機是那女孩的，你只要把手機交給警方，警方查詢手機中的記錄，就會找到我們，而他就會找到是誰殺了那女孩了啊。」

「誰殺了那女孩？所以那女孩已經死了？」小龍瞬間覺得全身發冷，那他看到的人是誰？

那個短髮清秀、脖子上有著紅繩項鍊的女孩，是誰？

當時他不過拍了一張照片，就引出了那女孩，就是一年前失蹤被殺害的茗潔嗎？

「不過你不用怕，你馬上就會步上那女孩的後塵，吊上大樹，活活勒死了。」那個大哥冷笑著。

「不要，不要！」小龍咬著牙掙扎著，但繩子已經被這兩個壞人給拉到了底，小龍的雙腳已經逐漸踩不到地了。

「大哥，我們這一次，也是……要這樣殺了他嗎？上次，我怕了好久……」

「你的膽子就是這麼小！上次是你先看上那個女孩不是嗎？你想吃又不敢

吃，結果吃了以後又不能收拾，才來找我。」那大哥目露凶光。

「是，大哥。」這年紀稍輕的男生低下頭，不敢和大哥目光相對，「我只是覺得，這裡，都是墳墓，然後，她，她也被埋在這……我們又在這裡，繼續殺，人……」

「你怕了？哈！」那個大哥眼神凶惡無比，「你不覺得舊墳區這裡是絕妙地點嗎？因爲這樣我們埋了一年的屍體都沒有人發現！多虧老師提點，因爲這裡本來就是墳墓，所以沒有人想來，更不會有人有事沒事去掘土，就怕侵擾到死人啊。」

「是是是。」弟弟低著頭。

「所以才說，要藏屍體，最適合的地方，就是擺滿了屍體的地方！就是這塊舊墳區啊！」大哥大笑著，「那女孩是第一個，而這小龍會是第二個！」

「是。」小弟被大哥氣勢震懾，不再說話，身體微微顫抖著，繼續往後拉。

這一拉，小龍覺得脖子一緊，身體開始往上懸空，他急忙驚叫，但這荒野之地，又已經入夜，誰來救他？

只見這小弟不斷往後走著，每走一步，小龍就覺得自己身體正在不斷升高，小龍知道，再這樣下去他只能靠細細的脖子來支撐全身體重，到時候脖子的脊椎一斷，他就會像是上吊而死的人一樣，吐出舌頭，當場死亡。

怎麼辦？怎麼辦？小龍想吼叫，拼命掙扎。

「等一下。」那大哥像是想到什麼似的，走到小龍旁邊，然後朝著小龍的右邊口袋一撈，撈出了一支手機，那正是小龍隨身攜帶的手機。

「啊，我的手機。」

「這東西得先收好，不然像上次突然消失，就不太好了吧，嘿嘿。」那大哥神色可怖，把小龍的手機收進口袋，轉身再次下令，「給我繼續拉！」

只見，大哥和小弟兩人同時用力，一同拉起這條要讓小龍喪命的繩子，而小龍的雙腳，已然離地。

他的脖子，開始劇痛。

他的意識，就要喪失。

也就在這一瞬間，他突然想起，爸爸電話之中與阿嬷說過的話。

「這個清明，恰逢陰時陰月，一旦過了這個清明，冤魂轉厲，就不能超生了。」

這個清明，因爲時辰特別，所以陰氣濃烈，手機才會出現，讓小龍撿到，而這個冤魂講的難道就是茗潔嗎？

過了這清明，茗潔的冤魂轉厲，就再也無法超生？這就是小龍和爸爸在擲筊時，一直擲出笑筊的原因？

如果冤魂已經出現了，表示小叔公夢中的預言應驗了，那第二句話……「冤魂顯靈，本來怎麼出現，就這樣讓它出現。」這句話又是什麼意思？

小叔公托夢要小龍和爸爸解決這件事，他才肯遷墓，但小龍自己又有什麼能耐解決這冤呢？他自己都要成爲下一個「冤」了。

不過，小龍在這生死一瞬間，卻想到兩個字，顯靈。

對，這女孩曾經顯靈。

就在下午之時，小龍曾經見過這女孩，短短的頭髮、清秀的臉龐、醒目的紅繩項鍊，若不是這女孩曾經顯靈，小龍又怎麼會從妹妹的簡訊中，認出茗潔就是這女孩！

想到這裡，小龍雙腳已經騰空，脖子歪斜，嘴巴不自覺的打開，舌頭更是自然而然的吐出。

他要死了，他的命，也要喪在這裡了。

一邊感受著逼近的死亡，小龍腦袋無法控制的拼湊著這一切，顯靈，對，那女孩確實曾經顯靈，但爲什麼在當時她肯顯靈，但在這兩個殺人凶手現身時，她卻遲遲沒有出現？她不是想報仇嗎？爲什麼不出現？

小龍的舌頭越吐越長，他甚至可以感覺到當他的舌頭多吐一點，脖子上繩子的勒緊感就會舒服一點。

而他的雙腳的擺動，也逐漸變慢，越來越慢……

說到顯靈，也許，小龍自己想錯了，也許並不是她不願意在此刻顯靈，而是她還不能顯靈，因爲少了某個關鍵，某個小龍該做，但卻沒有做的事情。

那件事……本來怎麼出現的，就這樣讓它出現。

然後，小龍明白了，突然明白了，那件事就是爸爸告訴他，萬萬不可以在舊墳區做的事情！

手機！是手機拍照！不可以在清明時節這個陰氣濃烈的時候對墳墓拍照！因爲會引出鬼魂！也就是顯靈！

他用他僅存的力量，把手塞入右邊口袋，但，不幸的是，他的右邊口袋是空的，因爲他的手機剛剛才被收走。

但也在同時，小龍下意識的往左邊口袋一掏，這裡還有一個方形物體，對，這一支不是小龍的，而是茗潔的！

看見小龍從左邊口袋掏出茗潔的手機，樹下的大哥皺眉，「你娘的！忘記了他還有一支，沒差，等一下勒死他，再把另外一支收走。」

小龍拿著茗潔的手機，身體懸空的他，只覺得自己離死亡好近，但他必須把事情做完，「它本來怎麼出現的，就這樣讓它出現。」

小龍無法直接打開手機，他用最後的力氣，把手機放在耳際，咬牙祈禱，「要開啊，雖然不知道爲什麼你這樣才能解鎖，但要成功啊！」

下一秒，手機再次登的一聲，螢幕泛起盈盈白光，解鎖了。

「它本來怎麼出現的，就這樣讓它出現。」

小龍解鎖了茗潔手機，舉起手，開始胡亂拍照起來。

「他在幹嘛？拍照？」大哥看著小龍死前的奇怪掙扎。

「不過，他現在根本拍不到我們的臉，又或說，拍到臉又怎麼樣？等一下我們把手機相片刪除不就好了。」小弟雖然害怕，好歹也是唸過大學的人，這種小奸小惡的對策，也是有的，「之後，我們再把手機完完全全打爛就好。」

小龍右手拿著手機，只剩下一隻左手拉住脖子的繩子，脖子的疼痛更加劇了，但他仍直直的伸著右手，不斷的按下拍攝鍵。

咔擦咔擦咔擦。

小龍將手機朝向左前方的墳墓，不斷按下拍攝，但螢幕上除了土堆，一無所有。

咔擦咔擦咔擦。

小龍左手緊抓著脖子上的麻繩，忍耐著臨界死亡的疼痛，把手機朝向右前方，不斷拍攝，但還是一樣，除了墳墓土堆，黑夜竹林，一無所有。

咔擦咔擦咔擦。

小龍不斷揮舞著手，朝著前方不斷按著拍攝鍵，爲什麼還不出來？不是因爲今年清明時節陰氣強烈，妳死時有冤氣，被我拍照驚擾，才出現的？爲什麼不出來？

爲什麼……

小龍感覺到左手已經無力抵抗麻繩的力量，脖子已經痛到無法支撐，右手就要軟軟下垂。

爲什麼……不是說，本來怎麼出現的，就這樣讓它出現，是我沒拍到妳嗎？

妳到底在哪裡？

突然，小龍腦中白光一閃，想到了一件事，手機，解鎖。

茗潔手機如果沒有密碼，只能靠五官辨識解鎖。

所以，手機爲什麼可以解鎖，就是捕捉到了茗潔的臉。

所以，茗潔的臉，其實應該在……

小龍把手機舉起，放在耳際，這次他將螢幕翻轉，螢幕朝前，而鏡頭就朝著小龍的後腦處，按下，拍攝。

咔擦。

而這一次，螢幕上，清清楚楚的，出現了一抹豔紅色脖子項鍊。

當小龍聽到了樹下傳來那兩兄弟驚恐的尖叫時，他也跟著感覺到，自己脖子上的繩子鬆了。

小龍墜下。

他落在地上，呼吸困難，視線模糊，隱約可見樹下的情景，弟弟的脖子被一雙細細的手抓著，高高的舉了起來。

這舉著弟弟的脖子的身體，身材纖瘦，是一名女子，而弟弟身體懸空，不斷尖叫，尖叫聲音之淒厲，之恐怖，在竹林之間迴盪著。

只是當尖叫聲叫了整整十幾分鐘，卻開始逐漸越來越細，但聲音細歸細，卻依然沒有斷，像是小貓叫般不斷延續。

小龍好像懂了，那表示這個弟弟不是立刻死亡，他是脖子慢慢被折斷，帶著有如窒息般的痛苦，一點一滴被處死的。

這是一種處刑，意識清楚而恐怖的，處刑而死。

可是，還有一個呢？那個更可惡的哥哥呢？小龍躺在地上，拼命轉動脖子，想要找到那個哥哥身影。

哥哥奔逃的速度很快，在危急關頭，他一腳把弟弟踢向鬼魂，用來吸引鬼魂注意，然後毫不留情的轉身，一人瘋狂的逃上了他的藍色寶馬，發動引擎，然後衝出樹林，朝著黑夜的一端逃走了。

可惡！

小龍意識逐漸渙散，讓那個壞蛋大哥逃走了。

只是在昏迷之前，他腦中仍保留著最後一幕，那是壞人弟弟的脖子突然往後折去，然後，小龍覺得疑惑，那就是折斷弟弟脖子的那個茗潔身體，好像少了什麼……

對，少了什麼，少了一個很重要的部分。

是什麼呢？

啊，是頭。

茗潔的頭，不在她的身體上。

在這一刹那，小龍突然也明白了，紅繩項鍊根本就不是紅繩項鍊，而是茗潔頭部和身體的斷口。

警察在凌晨四點左右趕到，原因是小龍的爸媽等了一個晚上，焦急的情緒下報了警，而警察透過手機的GPS訊號，找到了小龍最後的位置。

他們將小龍緊急送到醫院，開始生死關頭的搶救。

而在四十八小時之後，小龍總算脫離了險境，脫離險境之後，又過了三天，小龍才睜開眼睛。

當他睜開眼睛時，很多事情都因為驚嚇而忘記了。

不過，幸好過了幾天，有個警察來了，他年紀略大，似乎是屆於快退休的基層員警，透過他，讓原本忘記一切惴惴不安的小龍，有了知道真相的安心感。

老警察一開始就向小龍恭喜，他說小龍忘記所有影像，只聽事後描述其實是較幸福的，畢竟，樹林裡殘存的痕跡，實在太可怕了。

殘存的痕跡，那是兩具屍體。

一具二十幾歲的年輕男性，死亡時間離發現約莫三到四小時，而死因，老警察試圖說得輕描淡寫，就是脖子斷了。

但脖子怎麼斷？老警察沒有說清楚的部分是，是被折斷的，是被另一雙手硬生生折斷的。

而折斷這年輕男性的一雙手，則來自第二具屍體。

這具屍體是一名女性，十九到二十歲之間，但她死亡時間，卻已經長達一年。

在樹林裡，一具早死了一年的屍體，竟然折斷了一個年輕男人的脖子，而且不依靠任何工具，用她早已腐朽的雙手，直接且緩慢的扭斷男子的脖子？警察們實在不知道怎麼寫這份報告。

幸好，他們的長官體諒現場的警察們，長官說，這世界分為有陰陽，陰陽又自有報應，很多事，知道就好，不用宣揚，也別太深究。

所幸，警察的進度仍算是有突破的，因爲那個死了一年的屍體，經過法醫化驗，確認就是一年前突然失蹤的大學生，茗潔。

一個糾纏了一年的懸案，在此破案。

只是說巧不巧，這個被茗潔勒死的年輕男生，竟是當年被列爲嫌疑人之一，最後因爲沒有證據而被釋放的學長。

事隔一年，這學長死在這裡，死在茗潔屍體手中，也算是……因果循環吧。

警察們調查到這裡，不禁感嘆，陰陽果然自有報應，陽世警察破不了的，真的得讓陰魂自己解決了。

「警察伯伯，等等，我好像有一個很重要、很重要的問題要問，但我一時想不起來。」小龍敲了敲自己的腦袋，「對對對，我要問的是，那學長有共犯嗎？應該有吧？」

「咦？你怎麼猜到這人有共犯的？」

「我，我也不知道，」小龍苦笑，「但記憶中，不，感覺上，就應該是有……」

「事實上真的有。」警察說到這，微微住口，似乎在思考接下來該怎麼說。

「真的嗎？那你們找到他了嗎？他可能才是真正的壞蛋！」小龍雖然想不起那天晚上發生了什麼事，但潛意識提到那個大哥，仍忍不住握拳。

「不算我們找到他，他是被人發現的，在郊區的一個空地裡，一台車上。」

「被人發現，那是什麼意思？」

「他死掉了。」

「啊？」

「我們從車子裡面找到線索，去聯繫他生前見到的人，每個人都說，這幾天這人變得非常古怪，他不時轉頭，好像要看到背後有誰。當然他背後沒有人，可是他還是不斷轉頭，像是瘋了一樣。」

「不斷轉頭……懷疑他背後有人？」

「一開始他只是想看清楚後面有誰，到後來他開始害怕回頭，走路只敢靠著牆走，吃飯不敢坐背後是空的位置，連睡覺都不敢趴著，注意力更是非常渙散，不時說著：『是誰在我耳邊說話？是誰？是誰？究竟是誰？』然後他猛然轉頭，背後又是空蕩一片。」

「他快瘋了。」

「對，他快瘋了，所以幾天後，他就獨自一人把車開到曠野，然後……」

「就死了？」小龍懷疑，「一個好端端的壯年男子，怎麼會突然死掉？」

「事實上，他是死於心臟衰竭，心臟在受到某種巨大刺激下，突然收縮，中斷了血液流動，產生休克。」警察嘆了口氣。

「心臟衰竭?休克?」小龍瞬間明白，「他是嚇死的?」

「嚇死這講法太不專業了。」警察嘆氣，「不過從他死前最後的神情判斷，嗯，他確實是嚇死的。」

「他看到什麼，為什麼會嚇死?」

「我怎麼知道!」警察再次嘆氣，「但他最後的死狀，是坐在駕駛座上，眼睛突起，瞪著他右上方的後照鏡，就這樣嘴巴張開，心臟猛然停止。」

「他看到什麼了，他究竟看到什麼了?」小龍抓了抓頭髮。

「當然什麼都沒有看到。」老警察說，「因為車子裡面除了他，也沒別人。」

「是喔。」小龍吐出一口氣，「謝謝你，警察先生，其實這幾天我雖然什麼都忘光了，但心裡倒是覺得怕怕的，不踏實，你和我說了，我心反而定了下來。」

「我懂，人們失去記憶，只是少了打開記憶門的鑰匙，但本能會記得門後面有什麼，身為執法人員，講太多光怪陸離的事情有違我工作倫理，但你身為當事人，也算是解開茗潔命案的重要推手。」老警察伸手摸了摸小龍的頭，露出微笑，「所以讓你知道一下，也讓你心情安定些。」

「嗯，謝謝，警察伯伯。」

「那好好休息，我不吵你了。」老警察微笑，起身就要走，「放心，事情都解決了，也都找回來了。」

「都找回來？什麼都找回來？」

「啊，我有說都找回來嗎？」老警察眨了眨眼睛，轉身就要離開病房，「如果有，那就是我說錯了吧。」

「是嗎？」小龍歪著頭，再次躺回了床上。

是啊，確實如老警察所說，聽了這些事情，他心情反而安定下來，至少茗潔的命案破了，凶手也都伏誅，陰陽眞的自有報應，人眞的不該做壞事。

想到這裡，小龍下意識的抓了抓頭髮。

這時他手裡正抓著手機，這個抓頭髮的動作，會讓手機螢幕朝後，然後，傳來登的一聲。

「解鎖了？」小龍像是感應到了什麼，把手機把拿回了面前，原來這次不是解鎖，只是妹妹小嵐傳來訊息所發出的聲音，聊著她最近認識的一個朋友，叫做小昕。

「沒有解鎖，啊，把手機放到頭後面，怎麼可能會解鎖，我眞的是瘋了。」

小龍笑，「我的後面又沒有跟著一張臉。」

小龍把手機丟到病床邊，打了一個大呵欠，準備再休息一下，然後準備下午就要出院。

再過幾天，要去和爸爸再次和小叔公擲筊，如果按照爸爸說法，這次應該很有機會可以遷墓了。

因爲小叔公好像又托夢給了阿嬤，說「冤情已解，遷墓回家」吧。

冤情已解，終於可以遷墓回家了。

而老警察呢？他離開醫院時，拿起了手機，和對方講了幾句，點頭說道，

「嗯，已經確定了嗎？那東西眞的在那。」

「唉，那東西莫名其妙的消失在舊墳區，著實讓人擔心，但出現在死者的寶馬車上，也同樣讓人發毛。」老警察嘆氣，「車內那傢伙，到底在想什麼，竟然

把那東西從墳墓區帶出來？不，也許是那東西自己跟著他離開的啊。」

到底是一個什麼樣的情景，荒野中的一台昂貴寶藍色ＢＭＷ汽車，裡面一個男人，他快要瘋了，因爲他耳邊不斷傳來呢喃細語，聲音雖細，但卻綿延不斷，吃飯喝水睡覺都不停。

他已經快要被逼瘋了，所以他躲在車裡，抬起頭，用手把後照鏡的角度，慢慢的，慢慢的調到足以看清楚背後的角度。

然後，他看到了。

那東西，是臉。

茗潔的臉。

而茗潔的臉，懸在空中，帶著怒意的笑。

你，看，到，我，了，啊。

這瞬間，男人眼睛突起，心臟收縮，強烈恐懼伴隨心臟尖銳刺痛，貫穿了他的身體。

他就死了。

「那東西找到就好，慎重包好，就趕快送回來，和身體一起入土爲安吧。」

等到掛上電話，老警察看著天空，重重吐出一口氣。

「這人到底從後照鏡看到什麼？會嚇到當場心臟停止跳動？」老警察苦笑，「因果循環，報應不爽啊。」

最後，黑暗中一雙手，正拿著一幅畫。

「不是告訴過你，今年的清明恰逢陰時陰日，冤魂會轉厲，」這人的嘴角揚起，「若要藏屍體不被發現，就一定得撐過這個清明嗎？嘿，老師說的話要聽啊。」

「嘿嘿，算了。」這人把手上的畫，掛上了牆壁，而牆壁上還留有三幅畫的空間，「現在這只是第一個節日，要破我的陣，還早，還早呢。」

第二篇

衣櫥裡的小男孩

星子

1.

天空密雲不雨，市郊公墓納骨大樓廣場上人群熙攘擁擠。

相較之下，鄰近樹葬園區空曠悠閒許多。

一家五口在園區裡漫步，爺爺拎著一只古銅色懷錶走在最前頭，懷錶指針停很多年了，錶蓋裡嵌著爺爺奶奶年輕時的合照。

媽媽挽著爸爸的手，跟在爺爺身後。爸爸是上班族，愛看武俠小說；媽媽是幼稚園老師，興趣是料理。

姐弟倆走在最後頭，姐姐周家宜國中一年級，弟弟周家瑋小學三年級。家宜望著爺爺背影、遙想奶奶生前和藹模樣；弟弟則對奶奶沒有太多記憶，只知道奶奶骨灰埋在這裡某株樹下——

在這地方，逝者骨灰埋入樹下穴位之後，不立碑、不留記號、不辦儀式。

每年清明連假，爸爸都會開車載全家來這園區悠閒漫步幾圈，再前往爺爺老家待上幾天，讓爺爺躺躺與奶奶相依多年的舊床。

「姐姐……」家瑋拉了拉姐姐家宜袖子，神祕兮兮的說：「有個小孩一直跟著我們。」

「嗯？」家宜回頭，果然見到一個四、五歲大的小男孩，穿著破破爛爛的短袖衣褲，站在十餘公尺外一株樹後，咬著手指，盯著她和弟弟。

「人家只是站在樹下。」

「不是耶，剛剛我在車上就看見他了……」

家瑋說剛剛爸爸載著大家找車位時，他就瞥見那小男孩在土葬區一排墳頭上跑，他本想叫姐姐看他，但小男孩轉眼就蹦不見了。

接著，他沿途不停見到那小男孩——有時咬著手指跟在年輕夫妻身後；有時站在一家老小旁，眼巴巴的望著其他小孩手中零食；有時混在陌生孩子們當中，像是想和他們一同追逐嬉戲。

或許是家瑋不停發現小男孩、不停和小男孩對上眼的緣故，以致於小男孩將目標轉至他們身上，開始跟著他們，一路跟到樹葬區。

小男孩好幾次跟得近了，見家瑋回頭望他，便停下腳步咬著手指。

「跟家人走失了嗎？還是……」家宜見此時小男孩站在樹後，衣著破爛、臉和手都髒兮兮的，與其說是與家人走失，更像是獨自流浪許久。

家宜拉著弟弟，追上爸媽和爺爺，指著那株樹，說有個小孩子似乎迷路了。

爸爸張望半晌，困惑問：「在哪裡啊？哪裡有小孩？」

「唉喲……」爺爺笑呵呵的望著某個方向，「是挺可憐喲……」

媽媽順著爺爺視線望去，也沒看見有孩子，緊張兮兮的壓低聲音對家宜說：「在公墓裡別多管閒事，真看見什麼東西，也假裝沒看見；別理別看，那些東西就不會纏妳……」

「所以又是那些東西……」姐姐似乎明白媽媽意思，不再找尋那小男孩身影。

「可是……」家瑋有些猶豫，「那小孩好像肚子餓耶，他一直看著我的零食。」他說到這裡，晃了晃手上的一袋零食。

爸爸哼哼說：「這裡到處都是水果跟祭品，誰希罕你的零食。」

媽媽拉了拉爸爸胳臂，說：「別逛了，回爸爸家吧，免得家宜家瑋又『著涼』了……」

「好。」爸爸點點頭，招呼大夥兒往停車場走，準備前往爺爺老家。

2.

爸爸專心駕車。

媽媽和手機群組裡幾個熟稔家長閒聊清明掃墓的瑣事。

家瑋開心玩著手機遊戲，不時向爺爺介紹他那鍛鍊許久的遊戲角色。

爺爺輕撫懷錶，遙望窗外遠方山嵐，偶爾哼哈兩聲附和家瑋。

家宜沉沉睡著，滿頭大汗，眼皮底下一雙眼珠子骨碌碌的轉動，還不時低聲囈語。

「嗯？」家瑋轉頭望了家宜幾眼，喃喃說：「姐姐又說夢話了，是不是在做惡夢哪？」

「做惡夢？」媽媽轉頭往後看，只見家宜倚著車窗，睡得滿頭大汗，且口唇發白、眉頭緊蹙，像是病了般。

「又吹著風了？」爸爸也不時瞥瞥後視鏡，關切家宜情況，「等等回家我拔點薑讓爺爺煮薑湯給她喝。」

「是啊。」媽媽點頭附和，「喝了爺爺煮的薑湯，就不會做惡夢了。」

「嗯？」爺爺提高懷錶，湊在耳邊細聽半晌，接著探長了手，將懷錶放進家宜口袋。

家宜緊蹙的眉心稍稍舒展，眼皮底下的眼珠子也不再亂轉了。

半小時後，爸爸駕車來到鄉下一間二層樓高的古舊透天厝外。

透天厝外有個數坪大的院子，角落有株矮樹，矮樹周遭長著一大片薑。

這裡是爸爸童年成長的家，也是爺爺和奶奶生活了大半輩子的家。

過去逢年過節，爸爸都會載著家人返回老家，陪爺爺奶奶吃飯；奶奶過世之後，爸爸擔心爺爺獨居無人照應，加上家宜家瑋年歲漸長，當年新婚兩房小宅漸漸擁擠，便說服爺爺動用多年積蓄，自己賣去兩房小宅，購入一戶四房公寓，一家五口同住。

即便如此，一家五口這幾年還是不改習慣，逢年過節總會一齊返回爺爺老家住上幾天，讓爺爺向過往老鄰居打打招呼。

今年也照舊。

爸爸停下車，讓爺爺帶家宜家瑋下車進屋，自己再載著媽媽駛去市場買菜。

爺爺摸出鑰匙打開大門，家瑋攙著姐姐踏進院子，大叫院子裡的薑變多了。

「大小姐，我回來啦，今天吃什麼餐呢——高級蕃薯葉佐大蒜、白胖胖香豬油炒空心菜、蕃薯玉米湯，好豐盛哪……」爺爺踏進小院，微笑望著二樓窗戶，低聲唸著許多年前返家時和奶奶的對話。

那時候奶奶每天準備好飯菜，便會待在二樓窗邊，一面翻書喝茶，等爺爺下工返家；而爺爺踏進院子第一件事，就是摘下帽子，向佇在窗邊望他的奶奶行個西洋禮。

奶奶年輕時是富家千金，愛喝進口紅茶，嫁給爺爺時，轟轟烈烈的鬧了一場家庭革命，和爺爺私奔他鄉。數年之後，奶奶父親過世，家中兄弟姐妹分家時也沒通知她，只在老家附近留下這麼一小塊地給她。

奶奶一點也不介意，拉著爺爺回到這個地方，用兩人漂泊幾年攢下的積蓄，蓋了這棟小透天。

「嗯？」家宜來到爺爺老家，像是大夢初醒般，聽家瑋說自己在車上不停說夢話，無奈的說：「我做了個怪夢。」

「什麼怪夢？」家瑋問。

「我夢到……我被關在一個又黑又臭的地方。」

「又黑又臭？什麼地方？」

「嗯，好像是衣櫥……」家宜歪著頭回憶夢境，「我夢見我被關在衣櫥裡，然後……奶奶打開衣櫥，帶我逃出那間可怕的房子……」

「可怕的房子？有多可怕？」

「總之很可怕就對了……」家宜回想夢裡那間房子，不僅骯髒陰暗，還瀰漫著死寂和絕望的氣息，若不是奶奶牽著她，她可能會被那股死寂之氣綑綁在原地，一步也踏不出去。

「妳奶奶知道妳做惡夢，進夢裡保護妳。」爺爺笑著伸手，從家宜口袋取回那只懷錶。

「咦？爺爺你把錶擺在我口袋裡？」家宜訝異問：「所以我才夢見奶奶？」

「奶奶有跟妳說話嗎？」家瑋好奇問。

「奶奶牽著我逃出房子，摸摸我的頭，對我說……」家宜思索著奶奶夢裡說的話：「苦命的孩子，晚點吃完飯，回你該去的地方，別嚇著人了……」

「苦命的孩子？」家瑋神情困惑，「別嚇著人？什麼意思？」

「不知道……」家宜聳聳肩，「我嚇著誰了嗎？」

「奶奶不是對妳說話，是對那小孩說話喲。」爺爺這麼說。

「那個小孩？」家宜愕然，「誰啊？」

「就是剛剛那個可憐的小孩喲。」爺爺這麼說，「他沒想嚇妳，他只是餓壞了。」

「啊！是他……」家宜想起公墓樹葬區那個髒兮兮的小男孩，支吾說：「剛剛在停車場，大家去上廁所的時候，那個小孩跑來我面前……」

剛剛一家五口輪流上廁所時，家宜替弟弟拎著零食，獨自在廁所外等候家人，發現那小男孩神不知鬼不覺的來到她身旁。

小男孩衣服和臉都髒兮兮的，呆愣愣的望著家宜手中的零食，模樣怪可憐的。

「所以……」家宜露出做錯了事的神情說：「我給他一包零食。」

「什麼！妳給他哪包？」家瑋哇哇大叫，奔回客廳檢視他那袋零食少了哪樣。

「他愛吃嗎？」爺爺笑呵呵的問。

「他拿到零食，很開心，對我笑了，然後……」家宜皺眉思索，卻想不起後續發展，只記得爸爸招呼大家上車，然後下車，就來到爺爺家了。她怯怯的問：「那個小孩不是人，對吧？」

「別怕別怕，他們和妳一樣，會哭會笑，肚子餓了會難受，只是比妳早一步闔上了眼睛。」爺爺拍拍家宜的頭，「妳沒做錯事，還給他東西吃，他不會害妳喲。」

「嗯……」家宜點點頭，提起自己行李上樓。

家宜和家瑋從小就能看見一般人看不見的東西，有時經過喪事祭壇、路過車禍現場，回家都會發燒昏睡好一陣子，做各式各樣的夢。

但只要喝了爺爺煮的薑湯，就能恢復精神。

據說爸爸小時候也是這樣，看到不該看的東西，會病上好幾天。

爸爸這樣的體質，似乎來自於奶奶。

那麼奶奶呢——是遺傳自奶奶的爸爸媽媽，也就是她曾祖父母嗎——

不是。

爺爺以前說過，奶奶老家有一位老管家，那老管家懂得一些神祕的「小把戲」，奶奶自幼就對老管家那些「小把戲」很感興趣，一天到晚纏著老管家帶她瞧瞧「有趣的東西」。

那時奶奶最喜歡的地方，不是蛋糕店、零食糖果店或玩具店，是墓園。

直到老管家過世前，奶奶幾乎把老管家所有壓箱絕活都學會了。

那麼貴爲千金小姐的奶奶，是怎麼愛上平庸的爺爺呢？

那是因爲爺爺的爸爸在奶奶家裡當長工，爺爺自幼就在奶奶大宅裡當小幫傭，從小近水樓台，且在老管家被奶奶拉去逛墓園時，負責替奶奶擋著空房，攔著奶奶的家教老師，謊稱奶奶生病沒力氣上課，不願見人。

自然，爺爺得在後續老太爺發怒追究時，捱上一頓棍子。

後來，那些追求奶奶的大少爺們，一聽說奶奶的癖好是逛墓地、數墳頭、溜進停屍間聽死人講故事，可沒一個敢和她進一步交往。

只有爺爺，不但不排斥奶奶這樣的神奇癖好，甚至在老管家過世之後，繼續帶著奶奶逛遍大大小小的墓地墳場、醫院太平間甚至是刑場……

除此之外，奶奶還喜歡爺爺哪些地方呢？

「喜歡我臉帥喲。」爺爺對這一點，相當有自信。

3.

晚餐時間，一家五口圍坐餐桌吃飯。

媽媽替家宜舀了碗雞湯，問：「姐姐現在還會不舒服嗎？」

「好一點了。」家宜說：「剛剛休息了一下，應該沒事了。」

「姐姐大前年掃墓之後也病了兩天，前年和去年倒是沒事……」媽媽回想前兩年清明經過，「今年這樣，算有事還是沒事哪？」

「算小事吧。」爸爸扒著飯，隨口說。

「再不然明年掃墓，讓家宜待在家裡……」媽媽這麼對家宜說，望向爺爺，像是在徵詢爺爺的同意。

「當然行哪。」爺爺點點頭，笑呵呵的說：「是我想回來看看，不是奶奶要你們來；你們奶奶不住土裡，她一直守著我們家喲，你們在家時，喊奶奶，她都聽得著。」

「可是我同學說──」家瑋插嘴說：「清明節不來掃墓，祖先會處罰。」

「少聽他亂講。」爸爸斜了家瑋一眼，「你奶奶沒那麼小氣，又不是那個臭王老爺子。」

「你還記得王老爺子喲？」爺爺唉喲一聲，笑得合不攏嘴。

「當然記得。」爸爸沒好氣的說：「那個老傢伙騙我吃蟲子，害我連拉好幾天肚子，腸子都要拉出來了！」

不只是爸爸記得這「王老爺子」，就連媽媽、家宜和家瑋，也知道這王老爺子的故事——

很多年前，王老爺子的父親渡海來台開墾經商，王老爺子繼承了家業，經營有成，娶了好幾房妻子，兒孫成群。

王老爺子生前在風水術士建議下，買下整片山地，在山腰處挑了塊風水寶地，蓋了座祠堂，在祠堂地窖準備了數百個塔位，期許王家世世代代枝開葉散之後，能夠落葉歸根，遷入祠堂陪伴他。

王老爺子甚至在生前就定下了規矩，每年清明，每房兒孫都得回來看他。他會記住每一個人。

一個也不能少。

王老爺子初逝幾年，王家祠堂清明時分，可熱鬧極了，各房子女趕來掃墓，將王家祠堂和山下老家擠得熱鬧非凡。

然而王老爺子當初聽信風水術士建言，將祠堂蓋在山腰上，儘管沿途風光明媚，但山路往返卻挺辛苦，因此儘管王老爺生前千叮萬囑，每年依舊有人因故缺席。

又過了幾年，清明掃墓這件事對於王家後人而言，已不止是累，而是害怕了——

精明的王老爺子，生前對每一筆帳目都算得清清楚楚。

就連死後，哪個王家後人沒來看他拜他，也記得清清楚楚。

他不但記得，還夜夜托夢，向那些沒來掃墓致敬的子女後人們算帳討債。

王老爺子後代子女們開始注意到，每年清明過後，沒上祠堂掃墓祭祀的親友們，都會夢見王老爺子氣急敗壞的對他們說教，然後會一連拉好幾天肚子；接著，他們又注意到，即便去了祠堂，但舉止不夠莊重恭敬的孩子後輩們，也會被連夜惡夢嚇得連廁所都不敢去。

又過了幾年，那些不辭艱辛上祠堂祭拜的親友後人們，也得開始替自己教子無方接受連坐處分——哪家人沒到齊、哪家孩子吵鬧、哪家提前離開、哪家上香神情不夠恭敬、哪家帶來的水果不夠新鮮，下山之後，全家不論老小，夜裡都要夢見王老爺子猙獰咆哮，白天則狂拉肚子。

好好一間家族祠堂，被王老爺子經營成了猛鬼凶樓，如此一來，願意上山祭祀探望的後人，自然更少了。

後來每年清明，各家後人寧可上大廟求符貼在床頭躲避王老爺子，也不願再上山。

更後來，王家孫輩後人們，甚至不願意將自己父母骨灰放進凶猛祠堂裡和爺爺同眠。

這段經過，當年傳遍爺爺老家鎮上街頭巷尾。

在爺爺小時候，鄰居間甚至傳說每年清明時節，等不著親戚後人上山掃墓的王老爺子，會因爲太過孤單寂寞的緣故，下山拐騙小孩子上祠堂陪他說話聊天。

「這兩天如果有陌生老爺爺找你們說話，千萬別理他。」媽媽這麼提醒兩姐弟。

「我又不是笨蛋。」家瑋呵呵笑的瞅著爸爸，「只有笨蛋才會被陌生老頭子拐到山上！」

爸爸瞪了家瑋一眼，默默低頭扒飯，爺爺則嘎嘎笑了。

「啊呀，忘記替他盛湯了。」媽媽舀了碗雞湯，來到小院子，放上一張折疊小桌。

小桌上除了這碗雞湯，還有白飯和幾碟小菜。

家中飯桌上，家宜低聲問：「外面那位小弟弟……吃完就會離開了嗎？」

「應該是吧。」爺爺呵呵笑著說：「等等我上院子拔點薑，煮鍋薑湯，妳喝完就沒事了。」

「我有個問題。」弟弟舉手發問：「爲什麼每次我跟姐姐被『煞到』，只有喝爺爺煮的薑湯才有效，喝爸爸跟媽媽煮的薑湯就沒效呢？」

「因爲喲——」爺爺答：「你們奶奶年輕的時候，一天到晚要我陪她練習煮薑湯喲，我也是練習好久才學會的。」

爺爺煮的薑湯，薑是一般的薑，糖也是一般的糖，味道也是一般薑湯的味道。

但是煮法卻不是一般的煮法。

爺爺會一邊唱歌一邊拿著杓子在鍋中攪拌。

那首歌也不是一般的歌，歌詞不是國語也不是台語，更不是英日語。

更像是某種咒語。

4.

二樓有三個房間，一大兩小，大房間是爺爺奶奶年輕時的主臥房。爺爺奶奶漸漸年邁之後，嫌上下樓不方便，便將主臥房遷下一樓，二樓大房間則留作子女回來過夜時的客房。

一家五口這幾年回來時，爸爸媽媽爲了就近照料爺爺，都睡一樓客房；家瑋則睡在二樓爸爸的舊房間，玩爸爸的舊玩具；這二樓大房間，便都讓家宜睡。

家宜喝完薑湯洗完澡，進房坐在床沿，見窗外夜空月亮漂亮，起身走近窗想看清楚些，瞥見窗外院子裡那張小折疊桌上還擺著幾包零食，想起白天那小男孩，不免有些忌諱，拉緊窗簾躺上床，閉起眼睛默默數著羊。

很快就進入了夢鄉。

又是同一個夢。

她被困在一個漆黑狹小、瀰漫著尿騷臭味的小空間裡——和白天不同的是，她記得自己做過這個夢，甚至記得和爺爺、弟弟聊過這個夢，因此她知道這個黑黑臭臭的地方，是衣櫥。

她伸手推開衣櫥門，跨出衣櫥，回頭卻見到本來推開的衣櫥門，此時仍緊緊閉著，整座衣櫥纏滿膠帶，兩扇門的門把上，還鎖著一枚鎖頭。

她無心細究自己推開衣櫥門，一眨眼門不但關上了，還上了鎖、纏滿膠帶的原因，她知道這只是夢。

和白天夢裡情境一樣，房間裡瀰漫著絕望死寂的氣息。

和濃濃的恐懼。

她不曉得這樣的恐懼從何而來，又或者說，她知道這不是她的恐懼，是別人的恐懼。

她對這種帶著奇異情緒的夢並不陌生，過去她曾做過許多「特別的夢」，通常是在她途經喪事棚架、命案現場，甚至是路過凶宅之後，她就會夢見一些特別的東西。

她隱隱約約知道，這些夢裡一幕幕畫面，其實源自另一個人曾經睜開過的眼睛；她在這些夢裡感受到了悲傷或者欣喜，源自另一個人在世時的心神。

她低頭，望著自己那雙細細小小、髒兮兮的手。

在這個夢裡，她變成了那個小男孩。

小男孩在害怕什麼呢？

他似乎很想逃離這間屋子，這間屋子裡所有的一切都讓他感到害怕。

她感受著小男孩的害怕，也想趕快離開這個地方，她跨過鋪著被褥、枕頭和大堆衣服，走近門邊。

門旁擺著一張兒童習字折疊桌，桌上有幾本作業簿，其中一本攤開著，上頭寫著密密麻麻的「對不起我錯了」六個字。

她好奇翻過幾頁，每一頁都寫著同樣的六個字，同樣密密麻麻。

她放下作業簿，正想開門出房，突然聽見身後響起一個奇異的嗚咽聲，她回頭，望著橫躺在衣櫥旁一只大行李箱。

「嗚……嗚嗚……」

大行李箱再次發出了哀淒的嗚咽聲，還微微動了動。

她有些害怕，不敢再逗留，開門走出房間。

房間外，是個陌生而髒亂的客廳，一個男人伏在餐桌前，另一個女人躺在客廳沙發上，兩人似乎都沉沉睡著。

兩人身旁堆著一只只空酒瓶和使用過的針筒。

一股強烈的恐懼襲上家宜全身，讓她的身子不由自主的顫抖起來，她立時明白，小男孩對這間屋子的恐懼，源自於眼前這對男女。

家宜放輕腳步跨過遍地垃圾，來到鐵門前，試圖開門往外逃。

鐵門鎖著，她小心翼翼的旋轉鎖扣，喀啦、喀啦。

呼嚕——男人鼾聲好響，好幾次嚇得她停下手，屏息聆聽，確認男人仍睡著，才繼續開門。

突然，她感到背後傳來一股厲寒，她回頭，見到女人坐挺了身子，瞪大眼睛瞪著她。

「噫！」她像是看見恐怖電影裡的女鬼般，嚇得全身劇烈一抖，「對不起我錯了」六個字飛快脫口喊出，同時雙腿一軟就要跪下——這似乎是小男孩的本能反應，但她不是小男孩，她還擁有著自我意識，因此儘管恐懼，仍然奮力開鎖、開門。

門外是一條陰暗向上的樓梯。

這間房位於地下室。

女人尖叫，男人也睜開眼睛，回頭見她開門，怒吼一聲起身朝她走來。

「呀！」家宜奪門而出，奔上樓梯——此時夢裡的她，是那小男孩身形，瘦瘦小小，一次只能踏上一個階梯。

身後男人狂奔的腳步聲彷如地震海嘯，她好不容易奔到樓梯盡頭，卻發現眼前鐵門也鎖著。

她驚恐試圖開門，頭髮已被追到背後的男人牢牢揪住。

男人揪著她的頭髮，拖著她下樓。

「對不起……我錯了……對不起我錯了……」她感到小男孩的恐懼逐漸佔據了自己意識，她嚇得渾身發抖，眼淚不停湧出，兩隻髒兮兮的小腳胡亂蹬著，「我不敢了！真的不敢了……」

喀嚓一聲，樓梯上方鐵門開了。

走下一個老太太。

老太太皺眉抿嘴，像風一樣飄來家宜面前，探手握住那男人揪著家宜頭髮的手腕，將家宜搶了回來。

「奶奶——」家宜尖叫一聲，回過神來，認出那老女人正是她過世的奶奶，哇的一聲緊緊抱住奶奶身子，拔聲大哭。

「吼——」男人兩隻眼睛殷紅嚇人，高舉著拳頭作勢要打人，他身後的女人則是咧開大嘴咆哮，嘴裡生著一排駭人利齒——兩人此時模樣，似乎反映出他倆在小男孩心中的一貫形象。

「怎麼又來嚇家宜呢？」奶奶皺著眉頭，手一揚，男人和女人轉眼消失了。

奶奶牽著家宜上樓，不時回頭和她說話，語氣裡微微帶著責備。

「不是要你吃完飯，乖乖離開嗎？怎麼不聽話呢？」

「奶奶……」家宜茫然仰頭望著奶奶，只覺得心中恐懼、委屈和悲傷一下子湧滿心頭，似乎是感染了那小男孩的情緒。

她想問奶奶究竟發生了什麼事，但一張口，說出的卻不是自己想說的話，似乎是被那小男孩搶去了嘴巴，主動和奶奶對話。

「對不起……我錯了……求求妳……」

「你求我？」

「幫幫我……跟弟弟……」

「你還有弟弟？你弟弟怎麼了？」

「他很害怕、他會死掉……救救他……拜託……」

家宜想起那個嗚咽的行李箱。

5.

天還沒亮，家瑋就睜開了眼睛。

他和手機遊戲公會上的戰友們，約定在清晨時分，向敵營領地發動拂曉突襲。

他身為公會主力戰將之一，特地將手機鬧鐘調在出戰前半小時，小學三年級的他，負責率領另一個年紀比他大上許多的上班族叔叔，進攻敵方一個小營寨。

他窩在床上滑手機，一面進公會群組等待、複習攻營戰術，卻一直等不到上班族叔叔上線，可急壞了。他這年紀，自然無法體會一個上班族在這時間起床拚公會戰的煎熬。

他碎碎唸著下床上廁所。他沒開燈，黑濛濛的尿到一半，只聽見窗外傳來幾聲響亮的唧喳聲響，他瞥了一眼窗戶，見到窗外微微發亮。

「咦……」家瑋尿完洗了手，來到窗旁，只見紗窗外那拳頭大的光團，竟然是一隻小麻雀。

小麻雀身上泛著淡淡螢光，像是奇幻電影裡的小妖精一般。

「是燈嗎？」家瑋仰起頭，歪頭歪腦的想看清楚窗戶外，是否有燈照著這麻雀——他知道螢火蟲會發光，卻從沒聽說過鳥會發光。

小麻雀見家瑋腦袋貼在紗窗上擠眉弄眼往上瞧，不但沒有被嚇飛，反而唧唧叫得更大聲了，還揚著小爪子來回踱步，儼然像隻等待主人開門讓牠進屋的小狗般。

「啊？」家瑋正想開窗探頭看個仔細，突然聽見擺在洗手台上的手機發出震動。

上班族大叔上線了。

「終於來了！」他低喊一聲，拿著手機奔回房間，準備奇襲敵營了。

「你們兩個是怎麼啦？」媽媽皺眉瞅著餐桌前兩姐弟。

家宜望著眼前半碗稀飯發愣，筷子上挾著一瓣醬瓜遲遲沒有放進嘴裡。

家瑋嘟著嘴巴捏著筷子，不停在碗裡亂戳，像是憋著滿肚子怒氣。

「我好像又做夢了……」家宜喃喃地說：「但是我想不起來夢見什麼了，只記得是個很不舒服的夢……好像……好像跟昨天那個小弟弟有關……」

「什麼……」媽媽聽家宜這麼說，哦了一聲，低聲問爺爺，「爸……要不待會讓健強載我去中藥房拿點枸杞、紅棗，加進薑湯一起煮？」

「好喲。」爺爺點點頭說：「順便上超市買點嫩薑，院子裡只有老薑，沒有嫩的。」

「嫩薑？你要煮三昧湯？」媽媽哦了一聲，望了家宜一眼，低聲問：「是不是這次吹著家宜的『風』，比較寒？」

「沒事沒事……」爺爺笑了笑說：「她奶奶昨天進我夢裡找我談心，要我這兩天多煮點薑湯給大家喝……」

「嗯。」媽媽點點頭，不再多問。

「唉……」家宜嘆了口氣，苦笑望著媽媽說：「我不是小孩了，我聽得懂你們講什麼，你們每次說我吹風著涼，其實就是撞到鬼、被煞到了，對不對？」

媽媽聽家宜這麼說，皺了皺眉說：「妳長大了，弟弟還小……」

「我也長大了。」弟弟哼哼的說：「鬼就鬼，有什麼好怕的。」

「那你還不好好吃飯？」爸爸瞪著弟弟說：「一大早就臭著臉？公會戰打輸

啦？」

「對啊！」弟弟聽爸爸這麼問，瞪大眼睛，劈哩啪啦將早上那上班族叔叔如何扯他後腿，害他倆被敵軍包圍殲滅的過程說得口沫橫飛。

「夠了夠了，我對那款笨遊戲沒興趣……」爸爸快速扒完稀飯，幫媽媽收拾碗盤，對家宜說：「我載妳媽去市場買菜，妳看著妳弟弟，別讓他到處亂跑，知道嗎？」

「知道。」家宜斜眼瞅了瞅家瑋說：「他不會亂跑啦，他只會滑一整天手機。」

「也別一直滑手機。」媽媽補充說：「你們兩姐弟等等沒事去院子裡拔拔草吧。」

6.

院子裡，家宜拉著家瑋拔草，爺爺拿著小鏟子，蹲在矮樹下挖薑母。

「爺爺，」家宜問：「什麼是三昧湯啊？」

「三昧湯就是把老薑、嫩薑跟薑母放進鍋裡一起煮出來的湯。」爺爺回答：「『三昧』是梵語，意思是心如止水、心無旁騖；妳喝下三昧湯，就不會再做怪夢了。」

「爲什麼喝下三昧湯就不會做怪夢？」家瑋抹抹汗，好奇問。

「你們知不知道三昧眞火？」爺爺笑著問。

「三昧眞火？」家瑋咦了一聲，「是一種法術？」

「我知道。」家宜說：「是三太子哪吒用的法術。」

「對。」爺爺點頭說：「妳奶奶教我煮的薑湯，喝進肚子裡，像是喝下了火，陰邪的東西嫌妳熱，會離妳遠點；如果那些東西硬要跟著妳，就用嫩薑老薑跟薑母煮三昧湯，三昧湯喝下肚，鬼物碰著妳，就不只是熱，而像是被火燒了。」

弟弟聽爺爺說到這裡，又問：「那如果那隻鬼被火燒也不走呢？」

「那表示他和你有深仇大恨，熬著火燒，也要跟你拚了，又或者……」爺爺淡淡笑著說：「他心中有些熬著火燒，也要咬牙說給你聽的冤屈。」

「熬著火燒……也要咬牙說給我聽的冤屈？」家宜思索著爺爺這句話，本來一睜眼通通忘光的夢境片段，一下子全蹦了出來。

她想起那間瀰漫著死寂氣息的房間。

想起客廳那對凶如惡鬼的男女。

想起那本寫滿「對不起我錯了」的作業本。

「唉喲！」爺爺捧著剛鏟出土的薑母，歡欣的說：「好漂亮的薑母呀，有這個就沒問題啦！」他唉喲喲的起身，提著一籃老薑和薑母準備煮薑湯。

「爺爺！」家宜追在爺爺身後說：「我想起來了！我昨晚又夢見我變成那個小孩了……」

「是喲？」爺爺來到廚房，帶著家宜一同洗薑。

「在夢裡，我被關在衣櫥裡，那小孩好像是受虐兒……」家宜這麼說。

「眞可憐喲。」爺爺點點頭。

「對啊。」家宜說：「夢裡客廳還有兩個人，不曉得是不是小孩爸媽，他們好像在吸毒，還追殺我！」

「後來呢？」

「後來又是奶奶出來救了我……然後，我哭著求奶奶幫幫我……」

「妳求奶奶幫妳什麼？」

「我求奶奶……」家宜一面洗著薑，思索半晌說：「求她……」

家宜左思右想，卻想不起來夢境最後，她究竟求了奶奶什麼。

過往經驗告訴她，這些怪夢有時是那些已逝的人的生前記憶，也就是說，這個被關在衣櫥的小孩、吸毒的男女、位在地下室的家，很可能是眞實存在的。

但在哪兒呢？是什麼時候發生的事呢？

爺爺見家宜沉思，也沒有催她，只默默擺平砧板，將老薑和薑母切段拍散，一同下鍋，持著湯匙緩緩攪拌，喃喃吟唱起那首和奶奶共同練習許多年的咒語之歌。

家瑋走進爺爺透天老家鄰近一條小巷裡。

他是被早上廁所窗外那隻小麻雀給引入小巷子裡的。

不久之前，姐姐跟著爺爺進屋，他便停手不拔草，窩在小樹下玩起手機，一會兒看看公會群組裡的敗戰檢討，十篇有八篇在討論自己與上班族叔叔那路攻勢受挫，導致全盤皆輸；一會兒轉去上公眾討論版偷瞧敵對公會成員大肆宣揚這場戰役。

上班族叔叔倒是不以爲意，哈哈笑的說再接再勵，但家瑋卻怎麼也嚥不下這口氣，一來埋怨上班族叔叔技術拙劣，二來惱火敵對公會裡一個年齡與他相仿，每次對陣都要對他大肆嘲諷的討厭傢伙。

那傢伙技術不如他，但是擁有整隊高級六星角色，仗著壓倒性戰力碾壓他無數次，也嘲諷他無數次。

他本來相信今晨突襲能夠殺得對方措手不及，給那討厭傢伙一點顏色瞧瞧，但最終仍敗下陣來，還被那傢伙在遊戲版面公開點名，大大譏諷一番，可把他給氣炸了。

就在他忍不住要在遊戲版面發文反擊對方時，小麻雀落在他手腕上。

然後撲地振翅飛起，像是蜂鳥滯空飛停在他面前，搖頭晃腦的朝著他啣喳叫。

像是和他說話一般。

「你……在跟我說話？」家瑋好奇問。

「嘰嘰！」小麻雀大力點頭。

「你聽得懂我的話？」

「嘰嘰！」小麻雀再次點頭。

「你……」家瑋這麼問：「你其實是一隻烏鴉，對吧？」

他想確認，小麻雀這點頭動作，是眞聽得懂他說話，抑或只是本能動作。

小麻雀搖搖頭。

「哇！」家瑋訝異得跳了起來，指著小麻雀說：「你眞聽得懂我說話？」

小麻雀點頭。

「哇塞！」家瑋興奮的舉起手機，想要拍下這隻小麻雀的模樣。

小麻雀振翅飛高，踩上圍牆牆沿，轉頭繼續朝他啣喳叫。

「喂！你別走……」家瑋追上去拍，「讓我拍一下嘛！我想給大家看。」

小麻雀飛在空中，抬起小爪子，指向一個方向。

「什麼意思……」家瑋愣愣的問：「你要帶我去一個地方？」

小麻雀大力點頭，飛得遠些，在空中回頭喊他。

「等等……」家瑋追出大門，追著小麻雀跑，「你要帶我去哪裡啊？」

小麻雀慢慢飛，不時在空中繞圈，等待家瑋跟上。

就這樣，家瑋一路追著小麻雀，來到這小巷弄深處。

巷弄轉角停著一輛古舊腳踏車，腳踏車後載著一只大木箱，車旁站著一個老人；老人左手套著一只布袋戲偶，右手舉著三枝捏麵人，一見家瑋走來，立時舞動雙手，操縱布袋戲偶大戰三枝捏麵人。

「……」家瑋站定不動，狐疑的望著那老人。

小麻雀緩緩落在老人肩上，仍不停朝著家瑋嘰嘰叫。

「什麼啊……」家瑋哼哼的說：「你帶我來，就是來看這奇怪的老頭子玩醜娃娃？」

「這不是醜娃娃！」老人開口，沙啞的笑著說：「這是布袋戲和捏麵人，你喜歡嗎？」

「不喜歡……」家瑋搖搖頭。

「那這個呢？」老人立刻扔了布袋戲偶和捏麵人，轉身從腳踏車後大箱裡，取出一只扯鈴，像是街頭藝人般，賣力扯起扯鈴。

「你在幹嘛？」家瑋困惑問。

「我扯鈴給你看哪。」老人耍了個拋接，見家瑋一臉無趣，又扔下扯鈴，取出毽子踢了幾下，又拋起沙包，繼續問：「這是毽子、這是沙包，你喜歡嗎？」

「無聊……」家瑋哼了哼，轉身就走。

「等等，」老人扔下沙包和毽子，追上家瑋，伸手攔下他，說：「小弟弟，你……你喜歡玩什麼，我箱子裡都有喔。」

「……」家瑋瞇起眼睛，像是瞧犯人般盯視那怪異老人。

老人心虛得垂下頭，避開了家瑋視線。

「你該不會就是王老爺子吧？」家瑋單刀直入的問。

「喝！」老人——王老爺子像是被說破了祕密般，先是驚駭，接著露出怒容，瞪著家瑋說：「你怎麼發現的？」

家瑋見王老爺子模樣嚇人，怯怯後退幾步說：「你如果不是王老爺子，那是誰？」

「我……」王老爺子見家瑋害怕，連忙收起凶容，還舉起手朝自己腦袋拍了兩下，「我又犯蠢啦，我以前老發脾氣嚇跑所有兒孫，怎麼過了這麼多年，還是學不乖哪……」他這麼說完，一臉歉疚的對家瑋說：「對不起，小弟弟，嚇著你了……」

「嗯，」家瑋點點頭問：「那我可以回家了嗎？」

「……」王老爺子沮喪的說：「你能陪我說說話嗎？」

「你可以去找其他人啊……幹嘛要我陪你？」

「因爲……」王老爺子說：「大部分人看不見我，也看不見我這隻小麻雀呀……」

「什麼，原來這隻小麻雀是你用法術變出來的。」家瑋露出失望的神情，「我還以爲碰到妖精了。」

王老爺子聽家瑋這麼說，反倒不解問：「你知道我是王老爺子，所以你……知道我是鬼……」

「嗯。」家瑋點點頭。

「你以為我的麻雀是妖精，所以追著牠，怎地看見鬼，又沒興趣了？」王老爺子問。

「鬼又不稀奇。」家瑋理所當然的說：「妖精才稀奇。」

「你很常見鬼嗎？」

「很常啊。」

「體質特殊的孩子啊……怪不得你能見到我了。」王老爺子點點頭，仍然不死心的指著他腳踏車後那只大木箱問：「我有很多玩具呀……你不來看看嗎？」

「我不喜歡那些東西……」家瑋搖搖頭。

「那你喜歡什麼？」王老爺子問：「說不定我箱子裡有喔。」

「我喜歡手機。」家瑋揚了揚手機，然後報上他正沉迷其中的那款遊戲大名。

「手機？有有有！我有！」王老爺子立時轉身從腳踏車木箱子裡，翻出一支智慧型手機。

家瑋見那手機模樣老舊，也不知是哪個牌子，不免有些輕視，哼哼的說：「這麼舊的手機，跑不動我玩的遊戲吧……」

「可以玩呀，怎麼會沒辦法？」王老爺子說，在手機螢幕上胡亂點點按按，遞給家瑋，「你看。」

「哇！還真的可以耶！」家瑋接下王老爺子那支破手機，只見螢幕上果真顯示著最新版本的作業系統，他滑看手機半晌問：「沒有我說的遊戲啊？」

「你說那遊戲叫什麼名字？」王老爺子接回手機，望著家瑋。

家瑋再次報上遊戲名字，接著點開自己手機裡的遊戲，向王老爺子展示，「就是這款。」

「有有有，我有這遊戲。」王老爺子又胡亂在螢幕上亂戳亂點，然後給家瑋看，「你看。」

「哇——」家瑋見王老爺子手機上，竟當眞顯示著他那款遊戲的開場畫面，驚訝問：「你也有玩這款遊戲？」

「有呀。」王老爺子模仿家瑋滑手機的動作，伸指在螢幕上滑動，裝模作樣的說：「我可以教你玩。」

「你教我？」家瑋像是聽了個笑話般，哼哼的說：「你有哪些角色？」

「你先給我看你的角色。」王老爺子探長脖子，作勢要看家瑋的手機，「看看有沒有我的兵將強。」

「兵將？」家瑋點開他的角色頁面，向王老爺子介紹起他幾隻慣用角色，「我已經練得很強了，但是我沒課金，打不贏課金玩家……」

「我的兵將更強。」王老爺子又胡亂在螢幕上亂點一番，將螢幕轉向家瑋，順勢往家瑋臉上呼了口氣。

「哇塞，不會吧——」家瑋瞪大眼睛，不敢置信的望著王老爺子手機裡那排角色——

一整排六星角色、等級封頂、配備鑽石級裝備，隊伍戰力比起伺服器裡幾位傳說級玩家，有過之而無不及。

「你……」家瑋恭敬接過王老爺子手機，捧在手上檢視每個角色頁面，雙手微微顫抖，欣羨的問：「你有課金喔？」

「課金？什麼是課金？」

「就是花錢買遊戲裡的寶石。」

王老爺子聽到「錢」這個字，立時露出得意神情說：「你既然知道我是王老爺子，那當然知道我以前家財萬貫啦，花點小錢玩玩遊戲，又有什麼稀奇了。」

「對喔。」家瑋恍然大悟，點頭說：「爺爺說你是商人，以前賺了很多錢……」

「是啊！」王老爺子連連點頭，「這方圓百里內，無人不知、無人不曉我王老爺子。」

「要是你加入我們公會，一定能打贏那些屁蛋……」家瑋喃喃說。

「加入公會？什麼公會？」王老爺子問。

「你沒加入公會喔？」

「沒有，那是什麼？」

「我教你！」家瑋興奮把玩著王老爺子手機，啊呀一聲指著螢幕說：「你這把刀沒在用耶，可以給我嗎？」

「可以。」王老爺子說：「你喜歡的話，我直接買給你都行。」

「沒辦法直接買武器啦，要課金買寶石。」

「我買寶石給你呀。」

「眞的嗎？」

「當然是眞的。」王老爺子咧嘴笑了，「要不我們邊走邊聊？」

「好！」家瑋興奮跟在王老爺子身後，走向與爺爺家相反的方向。

那是往王家祠堂的方向。

7.

爸爸媽媽才在超市買了菜和幾盒嫩薑，正要轉去中藥行買紅棗枸杞，便接到了家宜的求救電話——

家瑋不見了。

她本來陪著爺爺在廚房煮薑湯，出來上個廁所，順便瞧瞧家瑋動靜，豈知找遍整間透天厝，也找不著家瑋。

爺爺關了爐火，陪家宜一起找。

兩人再次找遍全家、找遍鄰近街道，還打了家瑋手機，始終無人接聽。

家宜只好打電話向爸爸求救。

二十幾分鐘後，爸爸載著媽媽返回透天厝，連同家宜和爺爺，將整間透天厝翻過第三遍。

「怎麼辦……」媽媽手足無措，「我們報警好了……」

爸爸扠著手沉思半晌，聽媽媽喊他數次，這才接話：「失蹤不是要等二十四小時之後，報案才會受理嗎？」

「不用啦！」家宜立時說：「失蹤案件不用等二十四小時，隨時都可以報案，警察會受理！」她這麼說完，又補充：「前幾天老師上課時才說過……」

「嗯……」爸爸轉頭，望向爺爺。

爺爺雙手捧著懷錶，湊在嘴邊，彷如細語一般，見爸爸望他，稍稍放低懷錶，向爸爸點了點頭，說：「你老媽說，是那老傢伙沒錯。」

爸爸吸了口氣，抓抓頭髮，捲起袖子，對媽媽說：「我再找一個地方，如果還找不到家瑋，我們就報警。」

「你說的那個地方……」媽媽害怕說：「是王家祠堂？」

爸爸點點頭，取出手機看看時間，說：「這裡開車到後山不用幾分鐘，走半小時山路就能到王家祠堂，如果我沒看到家瑋，就打電話給妳，妳就報警。」

「我不放心你一個人……」媽媽搖頭說：「我跟你一起去。」

「美玉，這只錶妳拿著。」爺爺將那只懷錶交給媽媽說：「妳在家裡看著家宜，我陪健強上山。」

「可是……」媽媽望著手中的懷錶，急急問：「媽留下來的錶，能擋著那些東西……給我的話，那你們……」

「因爲呀，另一個小傢伙還不肯離開喲……我一出門，那小傢伙或許又要上門找家宜了。」爺爺苦笑說：「那王老爺子脾氣是差，但最多就讓人拉幾天肚子、做做惡夢，我上廚房拿點薑，陪健強上山，沒事喲……」

「什麼？」媽媽聽爺爺說，纏著家宜一天一夜的小孩，依舊沒有離去，且隨時會再找上門，更害怕了。

爺爺上廚房抓了幾支薑，裝在小袋子裡，外頭爸爸已經發動汽車，等爺爺上車，立時踩油門駛遠。

媽媽提著懷錶在門口張望半晌，回頭見家宜一臉睏倦，心中一凜，將懷錶掛上她頸子，攙著她在客廳坐下休息。

「我沒事，可能剛剛找弟弟找得有點累……」家宜見媽媽擔憂模樣，本來想安慰她幾句，但突然覺得一陣暈眩，眼皮重若千斤，硬撐了半晌，終於闔上，就無力再睜開了。

家宜三度進入那個夢裡。

也是她第三度被關進這陰暗騷臭的衣櫥裡。

她推開衣櫥門，外頭正是那間充滿著死寂絕望氣息的房間。

她在房中呆立半晌，突然想起什麼，回頭盯住那橫擺在衣櫥旁的行李箱。

她怯怯的走向行李箱，蹲下，嚥了口口水，輕輕拍拍行李箱。

行李箱傳出細微的哭聲。

「有人在裡面？」她緊張的問。

「嗚……」裡頭哭聲氣若游絲，「哥哥……」

家宜聽見行李箱裡傳出說話聲，先是嚇得向後坐倒，接著坐直身子，檢視那行李箱，大力拍著箱子，「是不是有人在裡面？」

「求求你放我出去，我會乖，我好難受……我身體好痛……嗚嗚……」

行李箱裡的聲音，顯然只是個幼齡孩子。

「你等等，我救你出來！」家宜慌亂的試圖揭開行李箱，但她很快發現，行李箱上鎖著一枚鎖頭。

「鑰匙、鑰匙呢……」家宜連忙站起，東張西望，接著奔出房間，來到客廳。

男人坐在餐桌前，左臂上綁著橡皮管，右手持著針筒扎著胳臂，像是正替自己打針。

女人歪七扭八的癱躺在髒兮兮的沙發上，胳臂上還插著一管針筒，針管隨著女人身體晃動而晃動，女人兩顆眼珠往上吊，咧嘴怪笑，還發出奇異呻吟。

「喂！」男人突然一喊，直勾勾的瞪著家宜。

家宜被男人犀利眼神嚇得一抖，全身再次被恐懼籠罩。

「不怕不怕這是夢……」她捏緊拳頭喃喃自語，東張西望找尋行李箱鑰匙。

「你怎麼出來了？」男人加速按盡針筒，緩緩起身，瞪著家宜，「我不是說，你不准出來嗎？你怎麼跑出來了？又皮癢了是不是？」

「我……我……」家宜後退兩步，只覺得男人全身瀰漫起惡鬼般的凶氣，嚇得退到門邊，回頭瞥了房中行李箱一眼，隱隱聽見裡頭嗚咽聲，胸中莫名的燃起一股氣，這股氣壓下了恐懼，她捏著拳頭對男人喊：「你把小孩子關在行李箱裡面？」

男人對家宜的問話充耳未聞，搖搖晃晃的走來，一把抓住家宜手腕，像是拎小貓小狗般，將她整個人提了起來——家宜在夢境裡，是那四、五歲小男孩的身體，被那高大男人提得雙腳離地，毫無反抗之力。

男人將家宜提到客廳中央放下，喝令她半蹲，還轉身從餐桌上翻出一根歪歪斜斜的藤條。

「我叫你半蹲！」男人高高舉起藤條，瞪著家宜，「你還不蹲——」

「這是夢，這不是眞的……」家宜害怕極了，卻不願屈服，雙眼盈滿淚水，怒瞪著男人，「不……這是眞的，但不是在這裡……你是壞人、你是禽獸……」

男人狠狠一藤條抽下，抽在家宜肩上。

不是很痛。

因爲這是夢。

家宜感到胸口微微發暖，她伸手撫著胸口，感覺摸著一個熟悉形狀，那是奶奶的懷錶。

「你是壞蛋，但你人不在這裡，這裡是、這裡是……我的夢！」家宜見男人再次高舉藤條，鼓足了勇氣往前一撲，手肘和腦袋頂上那男人胸腹，「滾出我的夢——」

男人被家宜一撞，化成一團黑煙，緩緩散去。

撲倒在地上的家宜，掙扎站起，轉頭張望半晌，已經不見男人。

沙發上那女人猶自癱著怪笑，家宜也不理她，一面翻找鑰匙，一面問：「小朋友！你聽見我說話嗎？房間行李箱裡面的小孩是誰？你知道鑰匙在哪嗎？」

她說完，隨即意識到房間行李箱自然也是夢境一部分，即便她找著鑰匙，打開行李箱，也無法救著真實世界裡那被塞在行李箱裡的孩子。

她茫然半晌，突然聽見咔嚓一聲，是電視機發出的聲音。

電視機畫面的鏡頭視角，斜斜對著廚房，隱約可見媽媽身影。

媽媽揭開剛剛自超市買回來的生薑，一枚枚放入鍋中；接著，拿著大杓在湯鍋裡攪動，還輕輕哼著奇異曲調。

家宜揉揉眼睛，只見電視裡的媽媽，身上疊合著另一個蒼老身影。

老邁身影像是知道家宜正看著她，回頭朝她和藹一笑。

是奶奶。

「奶奶……」家宜走到電視機前坐下，聽著奶奶吟唱咒歌，只覺得安心許多，也隨口哼起那咒歌曲調。

身子疊合著奶奶身影的媽媽，吟唱完咒歌，盛了一碗薑湯走到「鏡頭」前，笑著舀起一杓薑湯，吹涼之後往前一遞，「來……」

家宜感到嘴裡一陣溫暖，熟悉的薑湯氣味灌進口腔，連忙咕嚕嚥下。她覺得有股暖流自嘴巴落進喉中，流入胃裡，然後瀰漫到全身，令她整個人暖呼呼得十分舒服。

同時，她也聽見了小男孩發出的悲鳴。

她喝下第二杓薑湯，想起媽媽將生薑加入鍋中之前，爺爺已經在那鍋裡放入了老薑和薑母，且燉煮了好半晌。

她想起不久之前，爺爺說過用嫩薑、老薑和薑母煮出的三昧湯，對鬼而言，像是火一樣——

若不是他和你有深仇大恨，熬著火燒，也要跟你拚了，再不然……

就是他心中有些熬著火燒、也要咬牙說給你聽的冤屈。

「哇、哇——」小男孩從嗚咽變成了慟哭，「哇——」

「小弟弟！」家宜連忙站起，東張西望問：「你找我，表示你有話想跟我說，想要我幫你，對不對？你要我怎麼幫你？你要講清楚，我才幫得了你啊……」

「我弟弟快死掉了，救救他……」小男孩哀淒哭嚎。

「你弟弟在哪裡？」家宜見到自己瘦瘦小小的雙手，隱隱燃起火光，她猛地一震，像是想透了什麼——她在這夢裡，用的是小男孩的身體，她要見到小男孩，就得——

她奔入廁所，開燈，撐著洗手台踮起腳，果然見到鏡子裡那個約莫五歲的小男孩。

小男孩全身燃著白亮亮的火，淚流滿面的在鏡子裡哇哇大哭，和她四目對望。

「眞的是你……」家宜望著鏡子裡的小男孩，便是掃墓時在樹葬區見到的小孩，「快告訴姐姐你家在哪裡？你說弟弟快死掉了？你弟弟在哪裡？剛剛的男人跟女人是誰？」

「我……我……」小男孩邊哭邊說：「我跟弟弟不乖，乾爹跟媽媽就會打我，他們常把我跟弟弟……關在衣櫥跟箱子裡……我被關了好久好久……好黑、肚子好餓……弟弟一直哭，叫我救他，可是我出不去……沒辦法救他，嗚嗚……」

「所以行李箱裡是你弟弟……」家宜著急問：「你家在什麼地方？我替你報警好不好？」

「我家……我家……」小男孩強忍著火灼劇痛，咬牙思索半晌，搖搖頭哭泣說：「我想不起來我家在哪裡……」

「那你叫什麼名字？」家宜又問：「你告訴姐姐你的名字，警察說不定可以查出來。」

「我叫什麼名字？」小男孩不停哭，似乎連自己名字都忘了。

奶奶的咒歌再次響起，小男孩身上的火漸漸熄了，身子也漸漸不痛了。

「我……」小男孩漸漸不哭了，喘氣半晌，抹抹眼淚，像是想起更多事情，終於向家宜說出他的名字。

咒歌停止之後，取而代之的，是奶奶說話聲音。

「小朋友，我找其他人救你弟弟，你別纏著我孫女了，好不好？」

「好……」小男孩吸了吸鼻子，點點頭。

8.

王家祠堂那爛糟糟的瓦片屋頂和幾面破損磚牆全爬滿了藤蔓。

這些藤蔓的生命力出奇的旺盛，生長得密密麻麻，某種程度上，倒像是繩索、補丁般，加固著這幾近廢墟的王家祠堂幾面破牆。

祠堂裡由於幾面破窗都被藤蔓遮住的緣故，即便在白晝，也極其陰森晦暗。用來供奉王老爺子的大桌早已傾垮多時，連同桌上牌位，歷經多年風吹雨打，早已和爛泥沒有分別；王老爺子的骨灰罈藏在地窖裡，那地窖在無數次颱風之後，早已被泥水淹沒填滿了。

家瑋窩在祠堂中央一張爛糟糟的小藤椅上，抱著一只大算盤，專注入神的撥撥弄弄——

此時在他眼中，這小藤椅不是小藤椅，是高級電競人體工學椅。

大算盤也不是算盤，是高級平板電腦——

王老爺子終究身懷多年道行，隨意呼口風，就讓家瑋相信自己得到一面高級平板電腦，且自己遊戲帳號經王老爺豪氣刷卡課金，一下子得到數億遊戲鑽石。

他著了魔似的不停抽卡、合成、升級、再抽卡，將原本一隻隻三星角色，合成上五星，然後進六星。

他的隊伍戰鬥力幾十萬、幾十萬的提升，不僅超越敵對公會那討厭傢伙，且逐漸逼近伺服器裡的神級玩家。

「那遊戲……這麼好玩嗎？」王老爺盤腿坐地，隨手從身旁木箱取出一只布袋戲偶，戴在手上舞弄起來，「要不要看王爺爺玩布袋戲？」

家瑋望了王老爺子一眼，搖搖頭，「不要。」

「……」王老爺摘下戲偶，拋回木箱裡，神情有些落寞，「你和以前我碰上的小孩差不多……想想真是巧呀，他們和你一樣，也姓周……」

「是喔。」家瑋隨口敷衍，對王老爺子那木箱子裡的玩具，不屑一顧。

「幾十年前，我也帶了個小孩上山……」王老爺子喃喃說：「我帶他打彈珠、打陀螺，他都嫌無聊，他說他房間堆滿他家大小姐玩膩了賞他的鐵皮玩具和洋娃娃，他說那些鐵皮玩具上有發條，擰緊放開，玩具會動呢——我也不是沒看過那些舶來品，我是生意人嘛，但這荒郊野嶺，我上哪找鐵皮玩具給他呀。那時我道行也不夠，變不出那麼多花樣……」

「是喔。」家瑋聳聳肩，「後來呢？」

「後來……」王老爺子苦笑說：「後來，他家大小姐拉著老管家，上山和我搶人了，那老管家好凶哪，還會道術，恐嚇要放火燒我……我不過就是想有個伴聽我說說話罷了……」

「是喔。」

「是啊。」王老爺子嘆了口氣，「又過了好多年，我又碰著個姓周的小孩，我帶他上山，他和上個姓周的小孩一樣，不愛彈珠沙包，我拿出找了好久才找著的鐵皮玩具汽車，他還是不愛——他問我有沒有四驅車跟任天堂……家瑋呀，你知不知道什麼是四驅車？什麼又是任天堂啊？」

「四驅車？」家瑋這才轉頭望向王老爺子，笑著說：「我知道啊，是玩具車，裝上電池，放在軌道上跑——我爸房間裡有一台喔，他說那是他的寶貝。」

「原來是裝電池的玩具車，我改天下山找找……」王老爺子像是解開心中一個大謎團，「那任天堂呢？」

「是一間遊戲公司。」家瑋繼續拿著算盤花鑽石抽卡，隨口問：「不過那個姓周的小鬼應該是在說遊戲機吧……你碰到他是西元幾年啊？」

「一九……一九八五、八六年左右吧……」王老爺子扳著手指算起年代。

「一九八五……」家瑋又抽了兩張卡，合成一個角色，說：「是我爸小時候啊，他以前愛玩紅白機，是任天堂出的沒錯，哈哈哈——被你拐上山的那個姓周的小鬼，就是我爸吧……哈哈哈……他到現在還很生氣喔！」

「你爸？」王老爺子聽家瑋這麼說，湊近他面前，歪著腦袋打量他，「這麼說來，你樣子確實有點像他哪……你爸住在哪呀？」

「他以前就住在山下啊。」家瑋說：「就是你的小麻雀碰到我的那間房子，那是我爺爺老家。」

「嗯……」王老爺子思索半晌，也沒有頭緒，喃喃的說：「後來他媽殺上山，氣呼呼的揪著我鬍子，說要放火燒我……你猜怎麼著，原來他媽就是前一個姓周的小子家裡的大小姐啊！她學全了以前那老管家的道術，又來修理我了，等等！」王老爺子說到這裡，猛地一驚，「如果你是那姓周的小子的兒子，那他媽媽，不就是你……」

「就是我奶奶啊……」家瑋笑得差點從椅子上摔落地，但還是繼續抽卡、合成、升級。

「你奶奶凶不凶啊？」王老爺子怯怯的問：「以前會用火燒你嗎？」

「我很小的時候奶奶就過世了，我不記得她的樣子……」家瑋聳聳肩說：「不過姐姐說奶奶很慈祥，應該不會放火燒人。」

「很慈祥……」王老爺子點點頭，「那……應該不是她吧……」

「哇靠，眞的在裡頭！你這糟老頭子——」

一聲暴喝自外響起，爸爸氣急敗壞的撥開大門前的藤蔓，衝進祠堂指著王老爺子破口大罵：「又是你這老傢伙！先拐我爸爸再拐我，現在還拐我兒子，你跟我一家有仇是吧！」

「爸爸！」家瑋嚇得從「高級電競椅」上彈了起來，還牢牢抱著大平板不放，「你……你怎麼來了……」

「啊呀，眞的是你，你們眞是父子啊……我還記得你名字哪，你叫健強，周健強……」王老爺子瞇著眼睛打量爸爸，接著望向跟在爸爸身後進來的爺爺。

「好久不見喲。」爺爺笑呵呵的說：「王老爺子，你還是一點也沒有變呀……」

「老頭，你也見過我？」王老爺子又啊呀一聲，驚呼說：「我認出你了，你是第一個姓周的小子！」他說到這裡，再望向爸爸，然後是家瑋，「然後第二個、第三個……」

「祖孫三代都被你拐上山喲……」爺爺向王老爺子豎了豎大拇指，「眞不簡單。」

「你……」王老爺子沮喪的說：「你們來帶孩子下山？」

「廢話！」爸爸瞪大眼睛，「不然留他在山上陪你吃蟲？」

王老爺子望了望家瑋，家瑋仍捧著他那「高級平板電腦」說：「爸爸，晚點還有一場公會戰，王老爺子說會跟我一起打……你可以等我打完嗎？」

「公會戰？」爸爸瞪著家瑋手中那只大算盤，哼哼冷笑，「你抱算盤打公會戰？」

「算盤？」家瑋困惑望著手中的「平板電腦」，螢幕上還是他的角色升級頁面。

「來來來。」爺爺取出一截薑母，低喃幾句，伸指在薑母斷面一抹，再往家瑋唇上一抹。

家瑋嗅著濃烈薑氣，這才發現手中平板電腦原來是只大算盤，他愕然將算盤扔在地上，呆愣幾秒，著急從口袋取出手機，登入遊戲帳號，跟著雙腿一軟，坐地哀嚎。

他遊戲帳號裡的角色和上山前一模一樣。

沒有幾億鑽石、沒有六星角色、也沒有超強戰力。

他哇哇大叫幾聲，氣憤的朝王老爺子怒吼：「你是騙子——」

「……」王老爺子被家瑋一吼，垂下頭來，身影向後退遠幾尺，頹喪的說：「你跟爸爸回家吧……」

爸爸一把將坐地哭鬧的家瑋拎起，低聲責備他：「叫你不要亂跑，你還亂跑，抱著算盤玩半天，笨死了！」

爺爺在一旁插嘴說：「你說家瑋笨，以前我和你媽找著你時，你吃蟲吃得好開心喲……」

王老爺子聽爺爺這麼說，也忍不住插嘴向爸爸解釋：「你那時吵著要任天堂、四驅車，我都沒有，只好弄點糖讓你吃……」

「那是蟲，不是糖！我下山之後，拉了好幾天肚子！」爸爸惱火唾罵，狠狠瞪了王老爺子一眼，取出手機撥電話，「我找到家瑋了，現在帶他回去……啊？什麼？」

爸爸放低手機，對王老爺子說：「我老婆說，請你下山一趟，她說我媽想和你聊聊，想介紹個孩子給你認識。」

「你媽想介紹個孩子給我認識？」王老爺子先是愣然，跟著身子一抖，「你媽就是以前那個……說要放火燒我的小女娃兒。」

「她早不是小女娃囉。」爺爺呵呵笑著說。

9.

家宜仍然身處夢中，坐在小男孩房間那張習字桌前。

她陪著小男孩在記憶夢境裡，尋找一切可以推理出這個地下室地址的蛛絲馬跡。

她從餐桌上的帳單得知這個地方的地址，又從桌上電話簿裡找著男人和女人的電話號碼。

她立刻對著電視機那端，附在媽媽身上的奶奶，說出她發現的地址和電話，讓奶奶轉述給媽媽，讓媽媽拿筆記下。

叮咚一聲，門鈴響了。

家宜害怕的望著大門。

「別怕。」電視機裡，附在媽媽身上的奶奶笑著說：「這老傢伙鬧得發慌，每年清明都忍不住作怪，讓他陪陪這孩子，說不定會安分點。」

家宜聽奶奶這麼說，便開了門。

王老爺子站在門外，望了家宜好半晌，說：「你和我一樣，也是鬼啊……」

家宜正想搖頭否認，突然身子一沉，彷如沉入大海，四周白茫茫的什麼也看不清楚，她也沒來得及驚慌，便昏沉沉的失去了意識。

家宜再次醒來時，已是翌日中午。

她覺得自己睡了好久好久，身子都躺得發瘆了，但精神倒是挺好，像是大病初癒，不像前兩天睏倦慵懶。

她急匆匆下樓，想將夢裡發生的事告訴爺爺，卻見全家擠在餐桌前，看著爸爸手機裡的新聞快訊。

她好奇的湊上前去，哇的叫了出來。

小小的手機新聞畫面上，正好出現那小男孩的照片。

小男孩已過世好幾個禮拜，屍首被封藏在衣櫥裡，衣櫥纏滿膠帶，還上著鎖。

經法醫初步判斷，小男孩很可能活活餓死在衣櫥裡。

小男孩喪命的地方，是一個幫派份子住家地下室。

小男孩母親和母親男友都是毒品通緝犯，藏匿在友人家地下室裡。據那同樣有毒品前科的友人供稱，昨日小男孩母親和男友吸毒過後，莫名爭吵起來，接著拿刀相殺，從地下室打上一樓，像是瘋了一樣，誰來勸阻就砍誰。最後兩人互捅數刀，雙雙斃命。

小男孩的弟弟則在混亂之中，搖搖晃晃的走上一樓、走上大街，拉住了受報趕來的警察，說媽媽跟叔叔每天打他、每天只給他吃一餐、每天都把他塞進行李箱好久好久。

他對警察說，剛剛是哥哥打開行李箱救他出來的。

他還說，他每天被塞在行李箱，嚇得大哭，哥哥都會喊他安慰他。

他說哥哥被關在衣櫥裡，媽媽跟叔叔不准他打開衣櫥，要警察趕快把哥哥救出來。

家宜望著新聞，淚流滿面。

「爸爸……」家瑋愣愣的問：「是奶奶要王老爺子……去殺死小弟弟媽媽和男友嗎？」

「別亂講。」爸爸拍了家瑋腦袋一下，「奶奶沒叫王老爺子殺人，奶奶是要王老爺子去救人，只是……」

媽媽在一旁幫腔說：「是啊，新聞不是說了，那兩個人是吸毒之後互殺，不一定是王老爺子殺的，就算是……」

「就算眞是王老爺子殺的——」爸爸忿忿不平的說：「表示那老頭終於幹出一件天大的好事了！」

「那……」家宜愣愣的問：「那小弟弟呢？」

「那孩子說不定會喜歡王老爺子的彈珠和沙包。」爺爺呵呵笑了幾聲說：「明年我們再來時，在院子裡的小桌上多擺兩碗飯吧。」

家宜望向門外，院子裡那折疊小桌上的零食還沒收走。

家宜有些好奇，今晚還會夢見那小男孩嗎？

跟著王老爺子，或許只能把玩那些過氣玩具，但比起無盡黑暗的衣櫥，應當好上太多太多了吧。

第三篇

清明節快樂

龍雲

1.

俗話說：天有不測風雲，人有旦夕禍福。

當警方通知我雙親意外身亡時，這句話自然浮現在我腦海中。

一開始我感覺有點不太眞實，那時我仰望著天空，還想著那麼好的天氣，不應該會發生如此的悲劇才對。後來我跟著警方，到殯儀館認屍的時候，看到爸媽的大體，我才眞的感覺到，自己人生中重要的親人，如今只是一對冰冷的屍體。

只是因爲爸爸天性比較愛鬧，很喜歡惡作劇，老是愛開玩笑，即便面對他的大體，我還是覺得一切都是玩笑，只要看到我痛哭失聲之後，他會突然笑場，然後坐起身來嘲笑我。

天啊！我一直都這麼希望著，但是卻完全沒有發生，直到看著他的大體被送進火爐的那一刻，我才眞正相信，爸媽這次是玩眞的，不是什麼玩笑。

雖然爸媽的離世確實讓我悲痛萬分，但是因爲許多需要處理的事情接踵而來，導致我連好好悲傷的時間都沒有。

我是家裡的長子，上有一個姐姐，下有一個妹妹，除了我們三人之外，沒有任何長輩或親人。雖然爸媽有幾個朋友，但是交情似乎也沒有特別好。所以處理後事的事情，完全落在我們三人身上。然而頓失雙親讓我們陷入一片混亂，幾乎是手忙腳亂、不知所措的處理後事。

喪禮也是在這樣的情況之下處理完畢，事實上如果現在讓我回想，我還眞的沒辦法清楚說出當時做了些什麼。總之就是在禮儀公司的協助之下，辦完了後事。等到後事告一段落，回到那不再有爸媽的家中，失去爸媽的眞實感，才瞬間湧上心頭，讓我們姐弟三人抱頭痛哭了好幾天。

然而，不管我們有多悲傷，日子還是得過。其他的不要說，光是法律上就有好多流程需要跑，好多手續需要辦。

而就在我們清點爸媽遺產時，眞正的「晴天霹靂」才降臨在我們姐弟身上。

記得小時候，有件事情帶給我不少困擾，那就是關於爸媽的職業。因爲從小到大我就不曾看見爸媽出門去「工作」過。曾經有過一段時間，我認爲所謂的爸媽，就應該是整天待在家裡，陪伴著孩子成長這麼單純。

後來慢慢長大才知道，原來自己家是特例，別人的爸爸是每天一早就得出門去上班，我爸則是窩在家裡打電動、看電視。

也因爲這個緣故，從小到大只要是需要回答或者填寫父母的工作時，對我來說都是一個很大的問題。我根本不知道那個是什麼東西，後來才知道兩個都應該要填「家管」這個不算什麼職業的工作。

只是即便學會了填入正確的名詞，眞正的問題卻接踵而來。讓我覺得好笑的是，好像家裡有兩個「家管」的家庭會比較容易出問題，很容易被列爲需要關懷的對象。不過這樣的關懷很簡短，大部分都是跟我爸媽聊過之後，就沒有什麼問題了。因此大概只有在到一個新的環境、有了新的老師之類的時候，這個問題才會引起一點小小的困擾。其他時候，這情形根本不能稱爲問題。

只是隨著年齡的增長，知道的事情多了，自己當然也想過這個問題。

請別誤會，我必須要強調，我們家並不是什麼有錢的大戶人家。雖然一家五口也算不愁吃穿，但是我們從小到大拿到的零用錢，或者是從家裡的模樣看起來，頂多只能稱得上是小康之家。

對於這件事情，我們也問過爸媽，但是得到的答案很含糊，簡單來說大概就是退休了。

只是這個答案，不要說其他人了，就連我們姐弟三人都沒辦法接受，因爲用年齡來計算的話，爸媽生下大姐的時候，頂多二十來歲，這世界上哪來的工作是這個年紀就可以退休的。

既然爸媽不願意吐實，加上我們對爸媽的了解，我們姐弟猜想大致上也就是幾種可能性。

要不就是阿公留下很多遺產，要不就是爸媽曾經中過類似樂透之類的頭獎，所以把錢存在銀行裡面，每年靠著大額本金滾出來的利息，支付一家的開銷。

這大概就解釋了爲什麼我們家爸媽都不需要出去工作，但是經濟方面還不至於匱乏，只是生活上也沒有那麼富裕的原因了。

至少，這是我們長大之後，對這個情況的一種猜測，而且因爲實在找不到其他原因，漸漸的，這個想法變成了一種我們所認定的「事實」。

但是在爸媽死後，這個事實卻徹底被打破了。

在處理爸媽遺產時，我們發現爸媽名下的財產有兩間不動產，一棟就是我們一家人住的，另外一棟是祖厝。這跟我們所認知的情況一樣，沒有什麼問題。但是眞正讓我們震驚的，是爸媽的存款，我們找遍了房子每一個角落，只發現幾本存摺，全部的存款加起來，一共只有兩百多萬元。除此之外，完全沒有什麼錢滾錢的本金，或者是任何投資可以衍生出利潤的東西。而且因爲沒有工作的關係，爸媽根本也沒有保險，更沒有什麼退休金或者是慰問金。

換句話說，爸媽留給我們的東西，除了兩棟不算很值錢的房子之外，就只有這兩百多萬的存款了。

這對我們來說，除了晴天霹靂之外，更是匪夷所思。

在爸媽死後，我們反而不知道這些年他們倆甚至是我們全家人，到底是怎麼活下來的？

先前已經被我們當作事實的推論，至此完全被推翻了。對我來說，這恐怕比當時警方告訴我爸媽突然身亡的消息，還要來得更爲震驚……

2.

對於這個擺在眼前的事實，我們難以理解，妹妹甚至跟我討論過，爸媽會不會就是因爲錢花光了，所以才會輕生？他們的死，根本不是意外，而是自殺？

不過這個推論，我覺得難以接受，因爲就算眞的是錢關過不去，也不需要自殺，至少就我對爸爸的了解，他並不是這樣的人。再說就算眞是如此，也可以買些保險再自殺，造福一下子孫啊！

雖然無法接受，雖然到頭來我們還是不知道，這些年來爸媽到底是怎麼養活我們的，但是我們還是需要面對現實。

辦理遺產繼承的過程十分順利，沒有遇到什麼問題，當然也沒有突然迸出來的負債或存款。

因此，兩棟房子與兩百多萬的存款，就是爸媽留給我們的一切。

雖然說生活一時之間不成問題，但這絕對不是可以像爸媽那樣不用工作就能活得很好的程度。

我這邊倒是還好，大學畢業之後，總覺得閒在家裡很無聊，所以一直有在外面打打工，希望可以多認識一些朋友，順便看看能不能找到未來的老婆。除此之外，因爲唯一的樂趣就是跟爸爸一樣，在家裡打打電動，因此基本上過去幾乎沒有什麼開銷，畢竟想玩的爸爸都買了，我也不需要特別花錢，所以除了打工得到的那微薄收入之外，爸媽給的零用錢還有很多其他的東西，零零總總加起來，這些年也存了不少錢。因此對我來說，所謂的晴天霹靂，指的還是爸媽的驟逝與過去的推論被推翻這件事情，跟生活其實沒有太大的關係。當然我也知道，未來可不是靠打零工就可以過得了的，我的生活與未來生涯都需要重新規劃，但是至少現階段來說，生活方面沒有太大的問題。

但是姐姐與妹妹可能很快就會遇到問題。妹妹還是大學生，平常也沒有打工的習慣，雖然最後分到的錢，應該足夠支付大學學費與讀到畢業的生活費用，但是再多可能就沒了。換句話說，她可能需要一畢業就得立刻爲自己的生活打拼。

姐姐即便已經從學校畢業多年，但是已經年近三十的她，這輩子也跟爸媽一樣，沒有工作過。雖然沒有過問，不過如果讓我猜的話，她可能連存款都沒有。

畢竟就像我先前所說的一樣，我們家並不是那種有錢人家，讓我有這種體驗的人，就是這位姐姐。可能是從小享受慣了，總是吵著爸爸、媽媽希望可以有多一點零用錢。但是爸媽卻從來不曾眞的讓她予取予求。事實上，爸媽也針對她的金錢價值觀，跟她聊過很多次，但是她卻不曾眞的聽進去，還是一樣一拿到錢就跑出去找她的豬朋狗友們，將所有錢花光。所以最後爸媽的底線就是，不管她怎麼花錢，每個月給我們子女的錢都一樣，想要花更多的錢，就要自己去想辦法。

因此在處理爸媽遺產的時候，姐姐一拿到爸爸的存摺，那臉上掛著的笑容，眞的都深深烙印在我跟妹妹的心中。或許對她來說，早就在等這一天了，只是沒想到這一天會來得這麼快吧？不過期待越高，失望當然也就越深。在知道了爸媽的存款比起她心中預想的零頭還要少的時候，她那絕望的模樣，也毫不掩飾的浮現在臉上，直到這個時候，她才眞正像是一個剛失去父母的人。

雖然辦完了喪禮之後，我們將遺產分成了三分，每個人都還能分到幾十萬，生活還不算十分緊急，但是姐姐眞的慌了。

我跟妹妹當然也難以接受，所以我們三個人即便已經搜遍了家裡每個角落，但還是會三不五時想到哪裡可能會藏東西，就立刻找一下。不過這種情形只維持了一小段時間，我跟妹妹很快就接受了這個事實，但是姐姐一直不肯放棄，甚至把家裡的每一本書都翻過了一遍，卻什麼都沒有發現。

而就在姐姐好不容易也準備放棄的時候，一個爸爸生前的好友趙伯伯，突然來找我們。

「事情是這樣的，」趙伯伯跟我們說：「你爸曾經委託過我，有件事情要跟你們交代一下。」

可想而知，一聽到趙伯伯這麼說，我們三人眼睛都發亮了，甚至感覺原本瞬間變成黑白的人生，又再度被人染上了鮮豔的色彩。

「你爸曾經交代我，」趙伯伯說：「如果他不幸往生，希望我在這個日子，把這件事情告訴你們。」

我們三人互看了一眼，我的內心想著，難怪我們在家裡面怎麼找都找不到現金或值錢的東西，原來爸媽是交代給朋友了。

其實我多少也能夠理解啦，因爲就像我說的，我們家一直都是小康之家，住的也不是什麼高級住宅區，所以附近治安也沒有多好，之前還曾聽說過附近鄰居遭小偷。如果爸媽眞的有一大筆錢的話，不放在銀行，也要特別找個安全的地方收起來，不然都放在家裡的話，來我們家光顧的小偷還眞他媽中了頭獎的感覺。

在我理解爸爸這麼做的時候，姐姐顯然根本不管那麼多，心急的她已經催促著趙伯伯快點說。

趙伯伯頓了一會之後，把爸爸交代給他的事情，告訴了我們。

「差不多再過一個禮拜，」趙伯伯說：「就是清明節了，你爸特別要我來告訴你們，就算他去世了，你們也要回去祖厝那邊，就像他們還活著的時候那樣。」

趙伯伯的話讓我們三姐弟同時愣住，彷彿趙伯伯說的不是中文一樣。

「啊？」我的疑惑全寫在臉上。

「就這樣？」姐姐瞪大雙眼問道。

趙伯伯點了點頭說：「對，就是這件事情。」

「什麼東西啊！」姐姐叫道。

當然姐姐的不滿，我百分之百可以體會。

原本還以爲，爸爸會特別交代好友趙伯伯來跟我們說什麼重要的事情，結果竟然是提醒我們要記得清明節？

幹……但這眞的很像那個愛開玩笑的老爸會幹的事情。

3.

對我們家來說，清明節是個特別的日子。爸爸曾經對我們說過，我們家最好的地方，就是沒有什麼祖墳，清明節不用跟人家跋山涉水去掃墓。不過爲了保留這個慎終追遠的習俗，我們清明節還是有屬於我們自己的活動，藉以緬懷那些祖先。

每年清明節的時候，我們一家五口都會回到老家，也就是遺產之一的祖厝，然後在那邊度過一夜，第二天早上才會回去。

每次去老家的路上，我們都會買一堆東西，然後差不多在中午左右抵達老家。接著我們會在院子裡面架好烤爐，然後開始烤肉。爸媽會負責一切料理，我們姐弟三人就在院子裡面追逐玩樂。因爲老家是獨棟建築，附近沒有鄰居，不需要擔心會吵到其他人，對我們來說，是個很好的遊樂場。打從出生一直都在都市裡面生活的我們，當然要把握機會，在院子裡面大吼大鬧、盡情玩樂。我們會一邊玩、一邊吃，然後到黃昏的時候，爸媽才會讓我們進屋子裡面。

在我的記憶中，到了晚上，晚餐吃完媽媽炒的蛋炒飯之後，大家會一起窩在房間裡，爸爸會放那種很熱鬧的音樂，然後全家一起玩大富翁之類的桌遊。那真是我們一家人最甜美的回憶，就好像過年的時候，大家會一起打牌、打麻將一樣。我們喝著飲料，玩著桌遊，一邊互相陷害，希望可以得到最後的勝利。大家都玩得很認眞，所以期間大家眞的都是又鬧又叫的，每次妹妹都會因爲被姐姐害到而大吵大鬧。

雖然大家似乎對輸贏很認眞，可是仔細回想，似乎從來沒有任何一年分出勝負。最後大家總是會因爲整天玩得太瘋，導致體力不支，直接就在棋盤的旁邊睡了。所以印象中沒有任何一年我們眞的玩出了勝負，但是大家也不在乎，甚至每年到了那個時候，大家又開始興致高昂的吵著要玩桌遊。

這就是我們家過清明節的狀況，沒有墓碑與哀傷，只有家族團聚在一起歡樂的回憶。

但是如今，一切都變了，爸媽死後，我不確定這麼做是不是明智的，更不了解，這麼做到底還有什麼意義……

不過經過了我們三姐弟的討論之後，我們決定還是尊重爸爸的遺願。

清明節當天，我們開著爸爸的車子，踏上過去我們每年都會走上的路，甚至也跟過去一樣買了很多食材，在中午左右抵達了老家。

沒有了爸媽，一切眞的跟我想的一樣，完全都變調了。

我們三人圍著烤爐，跟過去一樣烤著肉，但是沒有人想要在院子裡面嬉鬧，更沒有人想要多說什麼話，我的腦海裡面幾乎全部都是爸媽過去在這裡的模樣，心情鬱悶到了極點，我相信姐姐與妹妹也差不多。

因此這恐怕是這世界上，最哀戚與沉悶的一場烤肉派對了。

或許就是因爲眞的太苦悶，也或許是哀傷到了極點，有些情緒就被激發出來了，因此我甚至有點生氣，爸爸爲什麼都已經過世了，還要這樣折磨我們？

明明我們都還在爲他們的死而哀痛，這時候還硬要我們來這邊觸景生情？

不過都已經到這裡了，我也不太想要就這樣回去。

到了黃昏，我們把院子收拾一下之後，跟過去一樣，回到了屋內。

氣氛依舊十分沉悶，每個人心中都充滿了疑惑，不知道這麼做到底有什麼意義。

就這樣夜幕低垂，我們在失去了爸媽之後，不管是誰，都沒有心情放音樂、玩桌遊了……

客廳中，我躺在沙發上，雙眼望著天花板，不發一語看看能不能乾脆就這樣睡著，到明天醒來之後，直接打道回府。姐姐坐在餐廳，妹妹則在另外一邊的沙發上，各自想辦法打發著時間。我們三人很有默契，即便無聊到了極點，也沒有任何人提議要跟過去一樣玩個桌遊之類的。

過去在這個時候，媽媽會親自下廚，事實上，這也是一年之中唯一一天，我們會吃到媽媽做的飯。簡單的蛋炒飯，配上中午烤好的肉，雖然炒飯不是很好吃，但卻是我們三姐弟最懷念的一餐。媽媽總是會把飯炒得太焦，導致味道有點苦，不過我們家卻沒有人嫌棄過，大家都很期待這一天媽媽親手做的蛋炒飯。

一想到去年的今天所吃的那盤蛋炒飯，竟然會是我們人生中最後一次吃到媽媽親手做的飯，就讓我感到揪心，鼻子也一陣酸。

不想讓姐妹看到我的難過，我轉過去面對沙發，然後閉上雙眼，迷迷糊糊也不知道過了多久……

突然一個尖叫聲，驚醒了躺在沙發上的我，我跳起身來，看了一下另外一邊也是被這尖叫聲嚇到的妹妹，妹妹和我對看一眼後，轉頭看向後面的廚房。我們趕忙跑到廚房，姐姐花容失色的指著後門說：「那裡有人！」

光是這句話，立刻讓我們兄妹倆與姐姐感同身受，一股恐懼感油然而生。

雖然一樣感覺到害怕，但我終究還是這個家裡面唯一的男丁，所以我鼓起勇氣，緩緩靠近後門。

這棟古老的平房，前門跟後門的門旁邊，都有個窗戶可以看得到門外，在沒有貓眼的時代，這是最簡單可以看到門外情況的設計。

我朝窗戶靠過去，正準備探頭看清楚門外的景象，結果突然一隻手就這樣「碰！」的拍在窗戶上，把我嚇了一跳，整個人也彷彿被那手掌的掌風給震退了好幾步一樣。

身後的姐妹大聲尖叫了出來，我勉強站穩了腳步，正準備開口問對方是誰的時候，我這才看清楚在窗戶玻璃上面的手，都已經潰爛到看得見骨頭了，讓我把到嘴邊的問題，硬生生又吞了回去。

這絕對不對勁！光是看到那隻手，我就有這樣的感覺。

就在我還不知道該怎麼處理的時候，旁邊的窗戶又一個東西撞了上來，在發出聲響的同時，身後的姐妹也同步發出了叫聲。

這一次貼在窗戶上的可就不是手這麼簡單的東西了，而是一張臉，一張恐怖至極、只剩下肌肉紋路的臉。

那張恐怖的臉孔，讓我們姐弟三人彷彿有了引力般，不自覺的靠在一起，眞的是縮成了一團。

這時不只有那張臉跟手，兩者之間也開始陸續有其他的手跟人影靠近了窗戶邊，而且這些人看起來就跟那張臉差不多，幾乎都是一眼就看得出潰爛與詭異的模樣。

短短不到一分鐘的時間，廚房後面的窗戶上，幾乎塞滿了人影，我們看情況不對，立刻一路退出廚房。

一出廚房，我們沒有人講半句話，但是一轉身之後，每個人的行動卻異常一致，都是立刻衝往自己的東西，將手機與隨身帶來的東西一拿，立刻就想要奪門而出，快點逃離這個地方。

我跑到沙發邊，拿到我的手機，將它塞到口袋，還沒轉向大門就聽到妹妹的尖叫聲。

我轉過頭望向妹妹，妹妹用手指著大門的方向，我轉過頭去，只見大門旁邊的窗戶，也塞滿了那些人影。

不只有大門邊，我左右看了一下，整個老家所有的窗戶都有相同的情況，不知道哪裡來的恐怖……該說是殭屍還是鬼魂，我也搞不清楚，總之這些東西已經徹底將我們給包圍了。

他們拍打著窗戶，甚至牆壁也傳來許多撞擊的聲音，讓我們三人陷入了恐慌。

我們三個人擠成一團，全部縮在客廳，然後一人朝一個方向看，擔心這古老又不牢固的老家，會被這恐怖的屍潮給拆了。

上一刻我們還想要快點逃出去，現在的我們只希望他們永遠進不來。

這一晚，堪稱是我們人生中最恐怖的一個晚上，幾乎沒有一刻可以鬆懈下來，隨時都感覺他們即將破窗而入。而且我相信，只要有任何一扇門或窗破了，那麼大量的屍海絕對會一擁而入，到時候就算我們拼上了性命，恐怕也沒辦法逃出去。

拍打窗戶與撞擊牆壁的聲音，彷彿浪潮般迴盪在這個空間之中，就連地板感覺都有點在搖晃，而這樣的情況從姐姐看到第一個人影出現在後門窗邊之後，就一直沒有停止過。

我們三人也就這樣一直維持著站姿，不斷監視著四周的情況，絲毫不敢放鬆。

幸運的是，到了差不多四、五點的時候，那些拍打與撞擊的聲音逐漸趨緩，然後到窗戶透出光線的時候，基本上一切都已經平息，窗外也看不到任何身影了。我們一直等到完全沒有任何聲響後，還多等了半小時，才敢坐下來稍微休息一下。

但是即便鬆了一口氣，腦海裡面卻完全不知道這到底是怎麼一回事。

附近是發生了什麼生化危機嗎？

我拿出手機趕緊查看新聞之類的消息，不過一切都正常，沒有看到任何不尋常的消息。

一整夜繃緊了神經，加上一直站著戒備，讓我們三人都筋疲力盡，不過不管是誰，都不想要繼續留在這裡了。

姐姐要我去看看情況，如果外面確定安全的話，那麼最理想的辦法，就是趕快逃離這裡。就算眞的發生生化危機，世界已經毀滅，不管哪裡都絕對會比這間老家還要牢固。

我到了窗戶邊，反覆看了好幾次，確定昨天晚上的那些鬼影，已經全部都消失了。於是我們立刻決定離開，我們帶好自己的東西，走出了大門，確定安全無虞之後，立刻朝車子狂奔過去。都已經趕到了車子邊，我才想到車鑰匙還放在餐廳，結果在姐妹的一片罵聲之中，我冒死衝回屋內，跑到餐廳拿起了放在桌上的鑰匙，結果一轉過身，正準備要原路跑回去的時候，餐廳角落一個桌子上的東西，吸引了我的目光。

我定在原地一會，愣愣的看著那個東西，然後緩緩的朝那張桌子走過去。

我記得非常清楚，昨天晚上的時候，我曾經在這張桌子吃著那些冷掉的烤肉當作自己的晚餐，那時候桌子上並沒有這個東西。

我伸出手摸了摸那個東西，一股冰涼的感覺，透過指尖傳到我的心中。

我將那東西給抓起來，這沉重的手感更讓我覺得有種奇怪的不眞實感。

我看著手上的東西，表面十分光滑，沒有任何的印記，但如果這東西是眞的的話，恐怕光是這重量就已經讓我不敢想像它的價値。

這……是一塊金磚啊！

姐妹在屋外催促著我的聲音，讓我回過神來，我二話不說，將金磚塞到自己的包包裡面，然後轉身跑了出去。

4.

別誤會，我眞的沒有要霸占金磚的意思。不過我當下其實心情有點混亂，在經歷了那個恐怖的夜晚……不，更正確的說法是爸媽去世之後，我一直都感覺有點混亂。因此在拿到金磚的時候，我並沒有多想，下意識就先隱瞞再說。

如今回想起來，如果眞的要說的話，我實在不想要看到大家驚喜之後，再度失望的神情。所以如果是値錢的東西，在我確認之後，當然會跟其他兩個人說，不過在確認眞僞之前，我不自覺的不想先跟兩人說，以免到頭來空歡喜一場。

畢竟從小到大，我實在吃過爸爸太多虧了，愛惡作劇的他，總是會想很多可以要到我的辦法。所以眞的要讓我猜，我眞心覺得這金磚很可能只是一個巨型的糖果。因此拿到的當下，我還是希望可以先鑑定一下它的眞僞，不管是眞是假，我想等我確定之後，都會坦白告訴兩人。

開車回到台北之後，姐姐立刻出去找朋友，照她的說法不玩個幾天，眞的沒辦法安心下來。而我也跟著姐姐一起出門，留下妹妹一個人在家裡。

擔心被姐姐發現，我特別確定姐姐離開之後，還刻意搭捷運到離家幾站的地方，才找一家銀樓，將金磚拿出來請店家鑑定。

從店家的反應看來，我心裡大概有個底了，尤其是他們每個人看我的眼光，都像是看賊一樣。過一會之後，鑑定的結果出爐，那個金磚是眞金，以當天的金價計算，大約是五百多萬元。

我回到家之後，一直等不到姐姐，我想姐姐應該不瘋個幾天壓壓驚，是不太可能會回來的。所以在當天晚上姐姐徹夜未歸的情況下，我還是把金磚跟鑑定的事情告訴了妹妹。

我把發現金磚的位置告訴妹妹，經過我們兩個人的確認之後，非常肯定前一天晚上，那個桌子上眞的沒有這塊金磚。

很顯然這塊金磚，是在早上我們要離開之前，才突然出現在那個桌子上的，這讓我們感覺很不對勁。

不過現在對我們來說，該如何處理這塊金磚，才是當務之急。

原本在我們姐弟三人的討論之中，姐姐曾經提議要把房子賣掉，大家把錢分了。可是因爲我們三人名下都沒有不動產，如今一旦賣了房子，或許姐姐可以去找朋友一起住，但是我跟妹妹基本上還是需要一個落腳的地方，如此一來，也只是增加我們自己的經濟負擔。

回想起來，姐姐對此也提出房子賣掉後，我們可以搬到不值錢的祖厝住，不過這可是會大大影響我們的生活圈，先不說我要換工作，或許我本來就該重新找個正職，但妹妹往返學校的路程也太遙遠，因此我跟妹妹還是否決了。也幸虧我們堅決反對，像那樣恐怖的老房子誰住得下去啊！

爲了賣房子，我們跟姐姐鬧得有點不愉快，姐姐也是在那之後，老是往外跑，完全不想要待在這個家。後來我也查了一下，如果今天姐姐執意要賣這個房子，我們可能眞的沒辦法阻止她。唯一的辦法可能就是我跟妹妹一起拿出一筆錢，然後把姐姐的那一個部分買下來，才能保住這個家。如果有了賣掉金磚的這筆錢，或許我們湊一湊眞的可以買得下來，又或者姐姐有了這筆錢，就不想賣房子了也說不定。

只是對於找到金磚的地點，我就有點疑慮。因爲我擔心，如果告訴姐姐老家有金磚，她說不定眞的會找那些豬朋狗友去把老家拆了。

我把這層顧慮告訴妹妹，她不愧是我們家學歷最高的一員，她提出了一個好辦法。她提議我們將金磚賣了，然後把錢存進銀行，再騙姐姐說後來找到了一本存摺之類，直接把錢匯到她的戶頭。

最後我們照妹妹的計畫行事，由於姐姐從那晚過後，一整個禮拜都不見人影，連傳訊息也完全沒有回應，我們只好傳訊息將找到存摺的事情告訴姐姐，然後直接把錢分了，匯到姐姐的戶頭。

殊不知，這眞的是我們錯誤的開始，我的疑慮終究還是對的，只是地點不同而已。

匯完錢的兩天後，失蹤一個多禮拜的姐姐突然回來，並且笑得花枝招展的詢問我們找到存摺的事情。我們隨便瞎掰了一個找到的地點。姐姐得到了鼓勵，於是接下來的一個月，姐姐每天都會回家，並且瘋狂的在家裡翻找，想要找到更多的存摺。

但是在爸媽死後，我們姐弟三人就已經動手找過了，當初為了掰個地點，我跟妹妹還特別確認一下，看看有沒有什麼地方是我們三人都沒有找過的，確實找了好一陣子才找到一個合適的地點。

因此姐姐努力了一個月，還是沒有找到其他的存摺，原本還以為姐姐會放棄，結果想不到事情變得更加嚴重了。

姐姐不知道從哪裡找來一群看起來就很不正經的男人，直接跑到家裡來，甚至爲了找存摺，他們全部都住了下來，隨意進出我們的家，嚴重影響到我跟妹妹的生活。

他們在家裡面翻箱倒櫃，把家裡搞得亂七八糟，不過這些我還可以容忍。眞正讓我不能容忍的，是這些狗男人的行徑，每次只要離開房間，就得要忍受那些下流男人抽菸的菸味，以及那些猥褻又噁心的舉動，大剌剌就在我眼前上演。幾乎每次出去，總會見到有狗男在我姐身上捏揉或是親熱的畫面。就算哪一天眞的看到他們直接在餐桌上交配，我恐怕都不覺得意外了。

我眞的不知道，到底是什麼因素，可以讓一個女人在失去雙親還不到一年的時間就變得如此墮落、醜陋。不過回過頭來想，說不定一直都是如此，只不過過去有爸媽在，她不敢放肆罷了。

姑且不論這些狗男在我姐身上如何磨蹭，這些說白了，只要我姐爽，我們也不能有什麼意見。但是後來其中一個狗男，竟然試圖想要偷看我妹洗澡，這件事情就眞的讓人無法接受了。

為了這件事情，我跟我姐大吵了一架，但是姐姐一臉無所謂的模樣，眞的讓我恨不得一拳打在她的臉上，不過我也知道，只要她一聲令下，那群狗男一定會一擁而上。

這時候我能仰賴的，也只有警察了。不過就在我氣沖沖跑回房間，準備打電話報警之際，姐姐帶著這群狗男人離開了。

我們的生活也終於回歸平靜，至少當時的我是這麼想的。

5.

我姐……眞的是個畜生、人渣、敗類。

如果可以的話，以後要是讓我看到她，一定見一次、扁一次……當然前提是她那些公狗不在場的話啦。

讓我確定我姐是個人渣的那件事，發生在她搬走大約過了三、四個月的時候，這幾個月我們的生活歸於平靜，我跟我妹都很高興，在爸媽死後，第一次出現如此平淡的時光。

過去曾聽人說過，一切安好就是最大的幸福，我以前不太了解，但是現在是眞的完全懂了。

發生那件事情的時候，我並不在場，因此只能就妹妹崩潰之下所說的話去拼湊當時的情況。

那晚因爲我值夜班的關係，大約下午五點多的時候就出門了，妹妹在我出門之後，就一個人待在房間裡。到了晚上七點多，她聽到外面有開門的聲音，以爲是我回來了，但因爲回家的時間點有點奇怪，所以出房門看看，結果就看到姐姐帶著那些狗男回來了。

「妳還是個學生，用不到那麼多的錢啦。」

用這個作爲藉口，姐姐打算要妹妹把分到的錢拿出來給她。妹妹當然不願意，畢竟她大學還沒畢業，接下來學費得要自己負擔，實在也沒有多少錢可以揮霍。

雙方僵持不下，妹妹想回房間，卻被姐姐攔住，妹妹害怕，想要打電話給我，結果姐姐讓那些狗男搶走了妹妹的手機。

其中一個叫阿強的狗男，就是上次偷看我妹洗澡的那個，直接對妹妹上下其手，動手扯妹妹的衣服。

姐姐就這樣默許那個狗男猥褻自己的妹妹，然後自己去妹妹房間裡面，找到了妹妹的提款卡。

等到姐姐拿了提款卡出來的時候，那狗男已經趴在妹妹的身上，在姐姐的面前強姦了她的親妹妹。

不過對我姐這個人渣來說，眼中只剩下錢，不但沒有阻止阿強，還威脅妹妹如果不說出密碼，就叫那公狗射在我妹體內，最後我妹在極度的痛苦中，將密碼說出來……

聽我妹述說這段過程，是我人生第一次因爲過度憤怒而握拳，握到指甲完全嵌進肉裡面，導致手掌出血。我堅持要報警，但是妹妹打死也不願意。

在姐姐離家的當下，我們就應該把鎖給換了，可是我們當時都以爲，這個家對她來說，已經沒有半點利用的價値，想不到她竟然會幹出這種事情。

不過現在後悔也來不及了，妹妹經過這次的事件，根本不敢獨自一人待在家裡。我需要上班，不可能二十四小時跟在妹妹身邊。所以最後我們整理好行李，連夜搬離那個住了一輩子的家。不管是我還是妹妹都希望，永遠都不要再跟那個畜生姐姐見面或者產生任何交集了。至於要怎麼賣掉這間房子，還是等安定下來之後再做打算。

這件事情，不只在我妹的身上留下難以抹滅的陰影與烙印，連我也深受其害。

多年後我跟我當時的女友約會到她家裡去吃飯，結果我們看著新聞吃著飯。新聞上播報一起社會案件，看到有個母親離婚後帶著女兒去找男友同居，結果那女兒被母親的男友猥褻的新聞，讓我忍不住破口大罵。只是我罵的對象，不是母親的男友，而是那個母親。

這樣的媽媽總會讓我想起我姐，以及她幹過的那件事情，比起那些會被法律制裁、社會唾棄的強姦犯來說，這種把自己的親骨肉投到虎口前的敗類，還沒有法律可以制裁他們，甚至還能假裝自己是受害者，更讓人厭惡。

幸運的是，當時的女友並沒有因爲我的暴怒而退縮，在了解了我的說法之後，也能接受我憤怒的原因。而這個充滿愛心與同理心的女孩，最後也成爲了我的妻子。也是在成爲我的妻子之後，她才眞正知道當年發生過的事情，以及我深深痛恨這種人的原因。不過這又是更久以後的事情了。

回到當時的情況，連夜搬離那個家後，我們好不容易安定下來，經過一段時間，妹妹也逐漸走出那個事件的陰影，這時清明節又逐漸接近了。

我跟妹妹討論了很久，到底今年還要不要回去老家？

當然，如果去年我沒有發現那塊金磚，我想答案是很簡單的，就是不去。都已經知道那邊鬧鬼鬧那麼凶了，白痴才會想要再去。

可是這很顯然就是問題了，我們都知道爸媽不是白痴，但是爲什麼他們每年都還是要帶我們一家大小去那間鬧鬼的房子呢？我想答案已經很清楚了，除了爲這塊金磚而去，我實在想不到還有什麼其他的理由。這也就是爸媽爲什麼可以一直到去世都不需要工作的原因了吧。一塊金磚四、五百萬絕對夠支出我們全家一年的開銷，這也是爲什麼爸媽在死的時候，留給我們的錢會如此少的原因了——這就是我們討論之後的結論。

頓時失去了爸媽，加上有個人渣姐姐趁火打劫，我們比過去更需要那個金磚。

於是，我們決定還是會照過去那樣，回到老家去過清明節。

6.

我們跟去年一樣，開著車前往老家，爲了避免暴露自己的行蹤，我將車子停在有點距離的地方，步行了一段路才回到老家。

這一次我們沒有跟過去一樣採買一堆食材在院子裡面烤肉。我們直奔屋內，並且在確認沒有看到姐姐的身影之後，立刻把所有的門窗都鎖上。諷刺的是，這舉動不是爲了害怕那些鬼怪再度席捲而來，而是擔心姐姐會突然帶著那堆狗男人出現。

雖然有點不安，但是理性想想，我只是杞人憂天的可能性很高。

畢竟對姐姐來說，這裡只是間鬧鬼的鬼屋，她並不知道金磚是在這裡找到的，根本就沒有來這裡的動機，尤其是她都可以眼睜睜看著別人強姦自己的妹妹，更別提會聽從爸爸的遺言了。甚至我眞的覺得，如果她的內心還有一點羞恥心的話，應該比我們更不想見到對方。

不過我也知道，其實還有個不安的因素在，那就是我們沒通知她，自己偷偷搬了家，人海茫茫，她如果想要找我們，只有一個地方可以碰碰運氣，那就是在今天的老家。

所以我也想過，每年來恐怕不是個好辦法。事實上我跟妹妹之所以會來，說穿了也不是孝順父母、想要來這邊紀念家族曾有的那段美好時光，而是爲了金磚而來。

我們懷疑會不會房子的某個角落，眞的藏著大批的金子，所以今年我們決定動手找找看。

回想起去年的情況，或許妹妹還沒辦法那麼肯定，但是我非常確定，我有一段時間，就坐在那張留有金磚的桌子前吃過飯。至少在晚上的時候，那塊金磚並不在那裡。

所以如果屛除掉那些怪力亂神的可能性，最有可能的情況，就是有什麼機關之類的，讓金磚在固定的時間出現。

對我們來說，最理想的情況，就是可以找到這些機關或者是祕密，讓我們把藏在房子裡面的金磚全部都搬走，然後再也不回這間祖厝，徹底斷了跟人渣姐姐唯一可能有交集的地方。

只要我們不來這裡，加上平時小心一點的話，絕對有機會讓姐姐找不到我們。

當然我們也考慮過，隔個幾年再來，不過一來擔心如果今年我們沒來，而姐姐來了，被她發現金磚的祕密，我們就眞的一點機會也沒有了。二來就是爲了搬離我們的舊家，我們也花了不少錢，眞的需要一點錢來讓生活好過一點。

因此即便知道今年貿然回到這裡很有風險，我們還是受不了金磚的誘惑，來到了這間祖厝。

鎖好門窗後，我們立刻開始研究那張桌子，發現那張桌子是固定在地板上，完全不能移動的。原本我還猜想金磚會不會是從天花板掉下來的，不過光是那金磚的重量，從那麼高的地方掉下來，應該會在桌子砸出痕跡才對，但卻完全看不出來。

仔細檢查過桌子之後，發現應該是桌子底下那根柱子有問題，本來我想要直接把桌子拆開來看看，但是妹妹擔心會破壞到機關，所以建議我們還是先搜看看其他地方，眞的沒有找到，再回來看看要不要拆了這張桌子。

我跟妹妹立刻分頭搜索，找著找著，天色也逐漸暗了下來。擔心姐姐會出現的我，每隔一段時間就會去窗邊看一下，結果沒看到姐姐，卻發現那些恐怖的身影又再度出現在房子的周圍。

一開始看到那些恐怖的身影，我也眞的是後悔萬分，覺得不該冒險前來。不過不知道是不是有了去年的經驗，還是因爲心中實在太需要找到那些金磚了，我跟妹妹看到它們緩慢朝屋子靠過來，還是決定繼續找下去。

我們又找了好一陣子，結果貼著地板趴在沙發旁的妹妹突然叫了我。

「沙發下面好像有點怪怪的。」妹妹說。

於是我跟妹妹合力搬開沙發，地板上嵌著一個拉環，如果不是眞正伸手去摸或者是移開整個沙發，只是趴在地上看的話，很難發現到這個拉環。

我跟妹妹互看一眼之後，我將拉環拉起來，一塊地板也隨之掀了起來。

在地板下面，是一條通往地下室的梯子，來這裡這麼多次，還眞不知道這個老家有地下室。

我把手機當成手電筒，爬下梯子，原本還以爲會有個寬廣的空間，誰知道爬下去越爬越窄，到最後踏到地面的時候，只剩下差不多一個人的空間可以站立。

妹妹看到我下去，正準備跟著下來，我立刻阻止了她。

「不行，這裡太窄了。」

原本看到有地下室還很高興，誰知道只是一個坑，真的讓人感到洩氣。

我用手機照著牆，發現四周的牆壁上，雕著一些字。而且在其中一面牆上，開有一個小小類似氣窗的窗口。

我踩著梯子向上踏了幾步，來到了窗口的高度，然後朝裡面看去，裡面是一片漆黑。

我伸手讓手機可以照進去裡面，結果不照還好，一照之下，讓我嚇了一大跳，不小心叫出聲來。

一張恐怖的乾屍臉孔，正對著窗口，雖然不至於到貼著窗口的程度，不過還是可以清楚的看到他那已經乾扁的五官。

妹妹聽到我的尖叫聲，關心的問我狀況，我稍微緩和一下自己的情緒之後，跟她說我沒事，然後鼓起勇氣再將頭探向窗口。

這一次有了心理準備，我將燈光照向屋內其他角落，結果就看到了我們兄妹倆一直在尋找的東西。

在那具乾屍的後面，有著堆積如山的金磚，我的臉上也不自覺的浮現出笑容。

可是即便確定了這個屋子裡面，確實有堆積成山的金磚，但我還不知道該怎麼將它們取出來。

於是我下了階梯，看了一下四周的牆壁，簡單敲了幾下，感覺十分堅固，恐怕不是簡單的工具就可以挖開的程度。氣窗也有點太小了，就算是小孩恐怕也鑽不進去。

於是我只能看一下那些刻在牆上的文字，看了一會兒之後，我發現上面記載的內容，實在有點驚人。

製作這雕文的，不知道是不是裡面那具乾屍，不過簡單來說，就是我們家的祖先做的。這些雕文解釋了那些金磚、這間房子以及我們家族這怪異習俗背後的眞相。

正所謂爲富不仁，我們家曾經是個非常有錢的家族。

然而這並沒有減低我們對財富的渴望，貪得無厭的族人，讓我們家族蒙上許多不名譽的汙點。爲了得到更多的財富，我們做了很多見不得人的事情。

然而夜路走多了，終究會遇到鬼。我們得罪了一個不該得罪的人，犯下了不該犯下的錯。

於是，我們家族被下了詛咒，每年清明節的時候，那些被我們家族害死的人，都會找上我們家族的人報仇，目的就是要讓我們絕子絕孫。

爲了讓家族可以存續，祖先們找了很多法師，但是卻沒有任何法師可以破除這恐怖的詛咒。

然而雖然詛咒沒辦法破，但是這些法師想到了一個辦法，可以讓我們家族存續下去。在法師的指導下，祖先蓋了這間保命的祖厝，只要在清明節的這天晚上，讓子孫們躲在這間屋子裡面，就可以保住一命。

另外一個好消息是，即便沒有辦法破除這樣的詛咒，但詛咒是有時效的，大約百年左右的時間，這詛咒就會自然消失。

雖然說看似很好，可是實際上卻讓祖先有個隱憂。因爲他非常了解自己孩子的性格，如果只是口頭上交代，他們可能非但不會乖乖回來，更糟糕的是，還可能把所有家產都敗光，到頭來家道中落也就算了，說不定眞的落得絕子絕孫的下場。

於是祖先想了一個辦法，不讓他的後代揮霍，並且讓子孫可以世世代代都乖乖回到這間祖厝。他先把所有的財產都換成金磚，然後製作了機關，讓這機關在每年的清明節運一塊到上面的桌子，如此一來就可以讓子孫至少看在金磚的份上，回來這間祖厝。

在離文的最後，祖先也特別警告，不要試圖闖入那個房間，不然機關會徹底摧毀裡面所有的金磚，讓一切化爲烏有。

如果在兩年前看到這個壁雕，我恐怕會嗤之以鼻，打死不信。不過現在親眼目睹那些惡鬼在外面，金磚在裡面，就算這個故事是掰出來的，我也願意相信。

尤其是回想起過去我們家異於常人的狀況，如今都有了很好的解釋。

我回到上面，把離文的內容告訴妹妹，也讓她下去看了一下，上來之後，對於離文的內容，我們都沒有半點懷疑。

「難怪媽媽只有在這裡才會做蛋炒飯，」妹妹回憶說：「仔細想想，飯總是特別苦，我想裡面應該有加安眠藥之類的東西吧。」

「所以我們才會每次都沒辦法玩完桌遊，」我點了點頭說：「因爲大家最後都睡死了。」

「而且還沒睡著之前，我們都玩得很嗨，」妹妹若有所思的說：「爸爸又把音樂放得很大聲、很熱鬧，所以我們才會根本不知道外面有那些恐怖的東西。」

我的內心五味雜陳，對於這個眞相，我不知道究竟是該喜還是該悲。

原來這就是我們家族的祕密。這就是爲什麼爸媽都不用出去工作的原因，畢竟每年都得來老家住一晚，然後第二天早上就可以領到祖先留下來的金磚。把它變賣掉，就足夠一家五口人一年的生活。我們的生活不可能像眞正的有錢人家那樣揮霍，但是只要好好的規劃，不要浪費，即便不工作也可以過得很好。

可是……這些恐怕不是我們現在的問題，如果我們不想辦法把裡面的金磚全部拿出來，照著祖先的規劃一年拿一塊，那就意味著我們必須每年都回來。如此一來，只要姐姐眞的想要找我們，在清明節這天找上門來，我想我們終究會被她堵到。

這恐怕才是我們眞正要面對的問題。

就在我們苦惱的時候，突然一陣尖叫聲，傳入我們的耳中。

我跟妹妹同時聽到那個叫聲，瞬間臉色都沉了下來。因爲我們非常清楚，那個尖叫聲的主人是誰——姐姐終究還是來了。

7.

我們手忙腳亂的將沙發歸位，跑到了大門旁，那呼天喊地的尖叫聲，確實讓我跟妹妹嚇了一大跳。不過眞正的震撼，還是來自於親眼看到的門外景象。

姐姐就站在門外，死命的拍著門，隔著一扇窗，我們聽不清楚她說的話，但是可以想見她那狗嘴大概說出什麼樣的話，總之就是想要我們立刻開門之類。

那些鬼魂已經將她包圍住了，想要逃恐怕很難，她唯一的生路，就是隔著一扇門的室內。

雖然聽不清她說什麼，不過我腦海裡面大概已經猜想到事情的來龍去脈，在沒有金磚的誘惑之下，她會前來這邊只有兩個可能，一個就是爲了找我們，另外一個就是爲了避難，照雕文上面的內容，不管姐姐身在何處，這些鬼魂都會找上她。

早已嚇壞的姐姐，一看到我們出現在玻璃窗，更是卯足了全力拍門。

不過對比姐姐的驚恐，我們臉上的表情恐怕比她還要扭曲，不知道是一路上被鬼抓到了還是怎樣，姐姐的模樣十分恐怖。

她的臉皮被撕下一半，模樣極爲恐怖，比起那些惡靈來說，姐姐的那模樣還更爲駭人。肌肉的線條完全暴露在外，肉泥混成的血塊從線條的縫隙中被擠出來，緩緩下滑。如果說她的臉皮整個被撕掉，透過這些肌肉的線條，可能完全看不出甚至想像不出表情，應該會比較好一點，偏偏就只撕掉了半邊的臉皮，與另外半邊形成了鮮明的對比，讓姐姐扭曲至極的表情表露無遺。

先不要說我們之間的親情在這段時間裡被她徹底摧毀，光是在姐姐身後不遠處的那個男人，就已經斷絕了我們開門的可能。

只見那狗男阿強就站在姐姐身後大約五公尺的地方，拿著一根上面釘滿了鐵釘的球棒，不斷的揮舞著附近的鬼魂。

透過他的攻擊，我發現其實這些鬼魂，似乎不像是電影那樣，完全摸不著、穿得透，因爲狗男阿強的球棒，打在這些鬼魂身上，似乎還是可以把他們擊退。不過被打散的軀體退了幾步之後，就會拼湊回來，然後繼續接著上。

好笑的是，原本那狗男的身邊，大概只有兩到三隻鬼魂，大部分還是專注在姐姐這邊。可是那白痴不知道是殺紅了眼還是怎樣，打退了幾個靠近自己的鬼魂之後，又自己去找別的鬼魂麻煩，偷襲那些背對著他的鬼，正如他的人格一樣。

結果那些被他偷襲的鬼魂，在恢復原狀之後，就改變了目標，朝他那邊過去。

結果包圍他的鬼魂非但沒有減少，反而有越打越多的傾向，等到那低能兒意識到這點的時候，已經是筋疲力盡，連逃跑的機會都沒有了，果然是個行走的生殖器，完全沒有大腦。

其中一個鬼魂抓住了他的球棒之後，一場讓人暢快的饗宴就開始了。

一擁而上的鬼魂伸出手來抓住了阿強，然後就是一連串清脆的響聲，伴隨著阿強的哀號。那個狗男被鬼魂們抬起來，身體呈現詭異的姿勢扭曲，手腳都有著不自然的彎曲。鬼魂七手八腳的抓著他，抓到哪裡就扯哪裡，結果在多方力道的拉扯之下，手腳都被扭曲到骨折，光是一隻腳就有四到五處角度嚴重彎曲。

那痛苦可想而知，阿強的口中也發出了淒厲的哀嚎。

不過更可怕的一幕，這時候才正要上演，只見其中一隻手朝阿強的胯下一抓，先是直接將他身上穿的牛仔褲彷彿紙糊的一樣給撕爛，露出這公狗的生殖器，在我覺得噁心之際，另外一隻手又再度一把抓住生殖器，下一秒鐘二話不說就直接向外一扯，生殖器就這樣被鬼魂給扯了下來。看著這因果報應，我內心有這麼一剎那是喜悅的，不過因爲畫面實在太過於血腥、殘忍，我很快就發現自己其實根本沒有辦法眞正享受那股喜悅，臉上的眉頭一直都是緊皺的狀態。畢竟同樣身爲男子，或許那感同身受的痛楚讓我不自覺的皺起了眉頭。

不過就在這個晚上，狗男阿強還眞的是用他的肉體，詮釋了何謂「報應不爽」。

或許就是想到了一切都是報應，讓我不自覺的看向妹妹。

妹妹雙眼瞪得極大，凝視著狗男阿強被鬼魂五馬分屍的畫面，不過我看到了妹妹的嘴角，勾勒出一抹淡淡的微笑，如果不對照她正在看的畫面，會覺得她彷彿是在看著一部精采萬分的電影，正上演著高潮的戲碼，可是一對照畫面，氣氛就變得有點詭譎。

當然我不怪她，畢竟我當下內心也有點喜悅，只是沒有表現出來罷了，妹妹是受害者，她絕對有面帶微笑看著那個強姦她的男人，生殖器被鬼魂活生生扯下來的權利。

不過我想我們之所以還能保有喜悅的心情，另外一個主要的原因，就是因爲我們待在隔著一扇門的安全地帶吧？如果我們跟我姐一樣，現在就站在屋外，而且跟這血腥的場面距離不到五公尺的地方，恐怕也會跟姐姐一樣，叫得比阿強還大聲。

不過也是因爲阿強的犧牲，讓姐姐有了逃脫的機會，原本包圍著姐姐的鬼魂，這時有一部分都被阿強吸引過去了。

姐姐根本沒有心思管那個狗男人，轉身沿著屋子的牆壁逃跑。鬼魂們分屍了阿強之後，重新把焦點轉回到姐姐身上，另外一部分又再度向前包圍了前門。

我看著姐姐沿著牆壁跑，愣了一會之後，頓時想到了這個房子的構造。對我們姐弟來說，這棟房子雖然一年只來一次，但是也經過了二十幾個年頭，自然是再熟悉不過了。這房子除了大門之外，還有一扇後門。我意識到姐姐可能會跑去那扇後門，妹妹也差不多在同一時間反應過來，我們一起朝後門跑去。

人還沒有跑到，姐姐已經搶先一步，站在後門外，猛力的拍打著後門。後門上的鎖被她拍到喀啦作響，不過看起來還是挺牢靠的，畢竟這扇後門本來就不常開，基本上也一直都是鎖著的。

由於親眼目睹自己的跟班被鬼魂分屍的畫面，讓此刻的她一點平時囂張的氣焰也沒了，只剩下驚恐與絕望。

她那僅剩的半邊臉，盡可能的呈現出苦苦哀求的神情，希望我可以在鬼魂趕到之前，幫她打開僅存的一線生機。

她一邊拍著門旁的窗戶，一邊張望著有沒有鬼魂趕上來，有這麼一瞬間，我也確定了那些鬼魂還沒來得及跟上，想著只要現在開門，就可以救姐姐一命。

就在看著姐姐那僅剩下半張、還勉強可以辨識出來是自己血親的臉時，一句話默默的浮現在我的腦海中——罪不至死。

是啊，雖然恨她，認爲她的所作所爲，應該受到嚴厲的懲罰，但是終究罪不至死，尤其是那個讓我痛恨的狗男阿強已經死了，或許……

基於過去的親情，我下意識將手伸向了後門的門把，這個時候只要我一扭動門把，就可以把門打開，讓姐姐進來，並且快速把門關上，阻止那些鬼魂。

其實當下我並沒有開門的決心，只不過就好像是看到了一個家人或者是朋友，突然在我面前快要跌倒了，身體自然反射動作想要去扶他一樣。

這時，就好像鬼魅般一隻手突然抓住我的手，阻止了我的動作。

我順著那隻手向上看，那是一張熟悉卻陌生的臉龐，我愣愣的看著她。

那是妹妹，但是她的眼神，是我從沒見過的恐怖模樣。以前看過小說上面寫的目光銳利如刀，如今確實呈現在妹妹的臉上，我從沒想過妹妹會有這樣的眼神與神情。

妹妹那隻抓著我的手，跟她的眼神一樣冰冷，但是卻同樣堅定無比，我從不曾想過，那個柔弱的妹妹，竟然會有這樣的力氣與態度，直到我緩緩鬆開了握住門把的手，那隻手才慢慢鬆開。

隔著一扇玻璃，目睹一切的姐姐，大吼大叫，用她已經被鮮血染紅的手，用力拍打著玻璃，在玻璃上留下一個又一個的血掌印。

我們沒有開口辯解自己的行爲，只是冷冷的看著姐姐，鬼魂很快就趕來，這一次他們沒有給姐姐逃脫的機會，又或者姐姐也放棄了。

我看著姐姐的態度從求救、哀嚎、絕望，到最後……怨恨。

我不知道她是什麼時候斷氣的，因爲一直到其中一個鬼魂將她的眼珠挖出來之前，她那雙眼睛還是惡狠狠的瞪著我們。

就這樣，曾經我們認爲將會是我們人生中最大的毒瘤，在今晚彷彿進行了一場手術般，被徹底拔除了，只是情況遠遠超乎了我們的想像。

8.

詛咒是眞實存在的，至少我跟我妹在那晚過後，就再也不曾懷疑過了。鬼魂的破壞力眞的很恐怖，經過了一晚的肆虐，姐姐和狗男阿強基本上根本沒有「遺體」，甚至連一點遺留下來可以辨識的器官都沒有，只有遍佈在房子四周地板上，東一灘、西一灘的血跡與一些肉泥般的殘渣。

我很懷疑光憑這些跡證，就算是那位知名的鑑識專家李昌鈺博士親臨現場，可能都拼湊不出昨天晚上所發生的事情。

這晚過後，我們雖然沒辦法擺脫這長年烙印在我們家族身上的詛咒，但是至少我們擺脫了這個人渣般的姐姐，只是我在心中這麼稱呼她的時候，不曾想過最後她眞的會變成人「渣」。

在那晚過後，我跟妹妹的關係，也有了一點變化。妹妹很明顯想要疏離我，有那麼一段時間，我很不諒解這樣的行爲，但是隨著日子過去，我們漸行漸遠之後，我似乎慢慢懂了。

因爲她人生最大的痛苦以及最不想讓人見到的時光，我都看到了，又或者是見到我，就會想起那些晚上，所以才會有疏離的情況，只爲了徹底埋葬這一切。在了解之後，我也就釋懷了，甚至也跟她一樣，慢慢跟她保持距離。我們的關係，變得相敬如賓。不過我們不是夫妻，我想這樣也沒什麼不妥的。

後來時間長了，我們也就各自開始了自己的生活，多年後我交了一個女友，然後順利與她組織了一個家庭。妹妹也在那之後過沒多久，與另外一個男子結了婚。我們平時幾乎都沒有往來，只有在某一個特定的日子會聯絡。

當然，對我們來說，詛咒依然存在，所以我們每年還是會在那間祖厝見面。結婚前，我有稍微提過這個習俗，妻子表示尊重。結婚後，我不想要隱瞞這件事情，所以還是把事情的始末告訴了她。當然關於姐姐的死，我謊稱是因爲她不信邪，結果就此失蹤。一開始她當然難以置信，不過在婚後第一個清明節，我帶她到祖厝去過了一夜之後，很輕鬆就讓那些拍牆的鬼魂說服了她。

對此，她一開始當然無法接受，甚至有離婚的打算，不過後來她很快就想通了，畢竟換個角度來說，她的老公等於每年固定都有幾百萬的年終，這對於生活品質的提升來說，有著絕對的影響力。爲此，每年一天飽受驚嚇，似乎十分值得。畢竟……在外面上班的人，有太多上司比這些惡靈還要不講道理與恐怖，被折磨得不成人形，連健康與尊嚴都徹底賠下去，還不見得領得到這麼多年終。

在權衡利弊之後，對於這件事情，她全盤接受了，甚至會在清明節前後，好好規劃一下這筆「年終獎金」的使用途徑。例如買個她看上的包包來壓壓她的驚之類的。

當然，她也沒忘記這個東西有「禍延子孫」的情況，所以在結婚初期，她十分排斥生小孩這件事。不過在那個房子度過了幾次之後，或許覺得這也沒什麼大不了的，所以改變了想法，很積極想要在自己成爲高齡產婦之前，生下幾個小孩，畢竟……拜那些金磚所賜，我們生兒育女不算什麼困難的事情。所以我們在前幾年，生下了一個小男孩。雖然說生小孩之前，我不覺得這對我有什麼樣的困擾與不安，畢竟我就是這樣長大的。但是當我第一次帶著我兒子小佐到祖厝去過清明節的時候，內心確實浮現了一點內疚之情。不得不說女人想得確實比男人還要遠，就像我老婆一開始就不想要生，至於我妹，一直到現在都還拒絕傳宗接代。甚至有一年，她很直接跟我說，傳宗接代的職責我們兄妹倆只要有一個人做到就可以了。至於妹婿能不能接受這一點，我就不得而知了，因爲我只聽過這個人的存在，但卻從來沒有見過他。清明節妹妹不曾帶他來過，似乎光是結婚，並不會讓對方成爲被詛咒的對象。只是我覺得妹妹也有點賭，因爲她打從一開始就不曾帶丈夫來過。萬一詛咒也包含結婚的對象，那妹婿可就死得很冤了。

至於詛咒是不是眞的有所謂的期限，這個我想就算有一天那些金磚領完了，我們還是會每年都回那個老家避難吧。

因爲在姐姐死的那年過後，我們發現，在那些拍打外牆一直想要侵入室內的鬼魂中，有著我們再熟悉不過的身影混在那些陌生的鬼魂之中，那就是我們親愛的姐姐。

因此就算沒有了那些金磚，光是這點也值得讓我們每年回老家避難。

幸運的是，姐姐除了那一天之外，並沒有眞的跟小說上的那些怨靈一樣，會跟著我們回家，也沒有在任何時刻、任何地方都等著要把我們拖進地獄。但是，這似乎也讓我開始思考另外一個問題……

有一天晚上，在睡覺前，老婆突然說：「你跟你妹感情眞好。」

我不解，問她爲什麼這麼說。她說：「如果是其他人的話，每年都要這樣分錢，很難有人會沒有貪念想要獨佔吧？」

謝謝這多嘴的傢伙，讓我那晚眞的徹夜難眠。回想起來，如果當年沒有因爲那些事情，讓姐姐活到現在的話，我非常肯定，我跟妹妹一定早就加入屋外那些鬼魂的行列之中。這點我確信，沒什麼懸念，不過眞正讓我好奇的是……那麼除了姐姐之外，外面的那些鬼魂中，又有多少人跟自己有血緣關係呢？爸爸那一代，眞的只有爸爸一個人嗎？

有鑒於此，在那天思考過後，即便老婆三番兩次吵著希望爲我們的小佐添個弟妹，我也堅決反對。或許在我這一代之後，眞正要杜絕這樣的悲劇，就需要加立一條規矩，以後都得單傳才行。或許……讓手足相殘，才是這個詛咒背後最惡毒的詭計。

然而即便這個詛咒如此惡毒，但是對我們而言，清明節確實有個非常與眾不同的意義。一直到今天，我們還是用一種期待的心情，等待著這一天的到來。

就像我說的，即便我們兄妹倆在平時幾乎毫無聯絡，但是只要一接近這個日子，妹妹總是會傳訊息給我，祝福與提醒我——清明節快樂。

是的，是眞的很快樂，就像領年終獎金那般快樂。

第四篇

清明時節雨紛紛

笭菁

我家很奇怪。

我翻看著下個月的掛曆，若有所思的望著那紅色鮮明的字體，象徵著假期，但對一般家庭而言，這是個團聚加忙碌的假日。

「欸，清明節快到了耶！」我望著掛曆喃喃說著。

「喔。」趴在我床上的老弟隨口應著，他抱著手機正在團戰。

我用筆在上頭大大的圈了起來，回頭嘖了一聲，直接鑽進我的床，我們是睡上下舖，「喔什麼啦！你有沒有在聽我說話？」

「幹嘛啦！」老弟不耐煩的皺眉，勉為其難的把手機放下，「清明節怎樣？要買蛋糕喔？」

「買蛋糕是幫你慶祝喔？」我不客氣的挑了眉，瞥了眼關妥的房門，「喂，你不覺得很奇怪嗎？我們家從來沒掃過墓？」

「……」老弟抬頭望著我，一臉我沒事找事做的模樣，「不掃很好啊！多省事？」

我實在很想翻白眼，「你沒GET到我重點！爺爺奶奶已經過世很久了，老爸是獨生子，為什麼都不必掃墓的？」

老弟是超級不耐煩的喘大氣，手機一扔撐著身子坐起，盤坐後，認眞的雙手搭上我肩頭。

「老姐，妳說，你是不是被甩了？」他嚴肅的蹙起眉，關心的看著我。

我什麼話都沒說，就是探身朝床左邊我書桌上，抓起筆筒裡的美工刀。

「我錯了！」老弟雙手一收，即刻合十求饒，「我老姐這種沉魚落雁閉月羞花賢慧優雅的美人，偉哥打著手電筒都找不到怎麼可能不要是不是！」

喀啦喀啦，我直接推出了美工刀片，「重點。」

「對啊，的確很奇怪，但是妳怎麼知道老爸平時自己沒有去？」老弟突然一改口吻，與我眞切的討論，人總是不見棺材不掉淚啊，「而且說不定爺爺奶奶是放塔裡，老爸沒事就去看看拜拜就完工了？」

我收起刀片，不以爲然，「你看，聽聽你說的，你連爺爺奶奶在哪兒都不知道，火葬土葬也搞不清楚，這很奇怪啊！」

老弟搔搔頭，我們的確對上一代所知甚少，因爲老爸幾乎不提啊！

「所以妳突然想掃墓喔？」老弟很乾脆的問了。

「嗯，非常想！我這輩子沒掃過墓耶！」我用力點頭，「你也是啊，好歹去看一眼吧？」

「老姐，這不是郊遊耶！有必要這麼積極嗎？」老弟依舊不置可否，趴上床又要抓過手機繼續打遊戲，「我同學們有時還在抱怨要去掃墓很麻煩耶，妳這種就是沒有過、才在那邊喊燒啦！」

我搶先一步抽過他的手機，得先把事情解決再說！

「就當我是喊燒，你去跟爸說要掃墓！」我向來是個行動派，一邊說一邊把他踢下床，「快去！」

「……我？我？為什麼是——喂，妳很粗魯耶！」老弟嚷著，一轉眼已經被我踹下床，「妳這種粗暴的女人，偉哥怎麼會看上妳啦！」

「剛剛那個沉魚落雁、閉月羞花的是誰？」我挑高了眉，伸腿再一踢，「你快去啦！趁爸他們在看電視！」

「不是啊，為什麼是我？妳幹嘛不去？」老弟撫著屁股回頭抱怨，「是妳要去的耶，我一點兒都不想去！」

我什麼話都沒說，就只是雙手抱胸瞪著他。

知姐莫若弟，老弟扯著嘴角翻白眼，內心絕對一大堆的抱怨跟咕噥，但半個字都沒敢說，摸摸鼻子就離開了房間！因爲他知道，他老姐想做的事就一定要（他）做到！

哪有獨生子不必掃父母墓的啦！我就從小到大都沒掃過墓啊，而且老爸幾乎不提爺爺奶奶的事，家裡連一張照片都沒擺，我們姐弟倆唯一知道的就只有名字跟出生地而已，這太詭異了！

我也問過老媽，老媽皺著眉說她也好奇過，但每次問每次都被打槍外加吵架，某一年開始，老爸甚至說他不想再提起他爸媽——唉呀呀，這聽起來多像是需要拉張板凳配爆米花的情節啊！

問題是我爆米花都涼了，還是不知道發生什麼事啊！誰不好奇啊！

客廳果然傳來老爸不高興的聲音，質問著無緣無故掃什麼墓，老弟向來能說會道，開始講述對爺爺奶奶的好奇與孝心，以及有一種不知根的感受，始終讓他困惑跟不踏實。

呵呵，這就是爲什麼我派老弟去「溝通」的主因，我可沒這種好口才，他能把黑的說成白的，我只會拍桌子跟老爸大吼說我就是要去掃墓啦！

老媽突然閃身鑽了進來，一看見我躲在門口偷聽，瞬間瞭解一切，食指只差沒把我額頭戳出一個洞來。

「妳妳妳，我就知道妳弟怎麼會關心什麼掃墓，連尋根這種鬼話都說得出來！」老媽壓低了聲音，「你們是在搞什麼鬼？」

「就想掃墓啊！」我實話實說，「沒掃過，很想。」

「這是郊遊膩？」不愧是我媽生的兒子，我弟表情跟老媽眞是一模模一樣樣，「妳這叫沒事找事做！」

「就眞的沒事啊！」我兩手一攤，「媽，妳都不好奇嗎？我們的阿公阿嬤是個謎耶！」

老媽看著我，深吸了一口氣，萬般無奈寫在臉上，最後搖了搖頭，右手掌晃出了一副我懶得理妳的手語，又走了出去。

最後歷經一個小時的奮戰後，老弟還是舉著勝利的旗幟回歸囉！

聽著雨水打在車頂的聲音，我都懷疑上天降下的其實是石頭不是雨，車子好像隨時都會被打穿一樣，雨大到雨刷都來不及刷，從窗外望出去……什麼都難以辨識。

「我看雨下這麼大，今天掃墓也太危險了！」老爸邊開車邊說著，「我們還是——」

「沒關係！雨衣都有帶啊！而且氣象報告說下一個小時，雨會變小喔！」我口吻超級無敵輕鬆愉快！

因爲我知道，老爸到現在還是不情願啊！去掃他爸媽的墓，是爲什麼能這麼委屈啦？

「什麼清明時節雨紛紛啊！」老弟也憂心的看著窗外，「這雨用倒的吧！」

「唉唷，至少祖宗很厲害啊，清明節就是會下雨有沒有？」我回頭看了他一眼，示意他少在那邊幫老爸助勢。

老弟擠眉弄眼的，表示他當然站在老爸那邊，因爲他一點都不想在這種鬼天氣掃墓好嗎！

坐在一旁的老媽連話都懶得說了，反正我們所有東西，金紙水果都已經買好，她煩惱的是等等要怎麼燒金紙。

「雨下這麼大，金紙要怎麼燒？連點都點不著吧？」

「說不定有屋簷……嗎？」我看著老爸，「爸，阿公阿嬤的墓有屋頂的嗎？」

老爸專注看著前方，好半晌才回我：「沒有。」

「那打傘吧，或是不燒也行，可以跟阿公阿嬤說再補上。」我認眞的回應，「沒有說一定要在墓前燒他們才收得到吧？」

「妳要不要乾脆問有沒有電子支付？」老弟堆滿了欠揍的微笑。

「有也不錯啊，環保！環——」餘音未落，老爸一個緊急煞車，我脖子差點沒扭到！「哇！」

車子停了下來，我嚇得正首朝前看，這就是一條小路，前頭沒人，我伸長頸子以爲是不是有狗或貓經過。

「就這裡了，接下來的路車子過不去。」老爸重重嘆了口氣，右轉看向我，「阿妹啊，妳眞的要去？」

「嗯。」我用力的點頭，「都來了，上個香致個意，再不然雙手合十拜拜也行，阿公阿嬤不會介意的。」

老爸搖了搖頭，又是一聲嘆息，我怎麼覺得掃墓對他來說是酷刑？

我們一人一件雨衣，我這個人暴力粗心但做事可不含糊，輕便雨衣哪能抵擋這種大雨，我們穿的是專業厚重機車雨衣，防寒擋雨一舉兩得！開門一下車，我內心湧起強烈的後悔，看著我一隻腳陷在泥濘裡，我卻打死都不能抱怨。

下車後環顧四周，我必須承認這跟我想像的墓地有很大的分別，我當然知道早期墓園可能在山上，但好歹會有像樣的路吧！我腳下這條路完全是泥濘路，沒有一點柏油的痕跡，路旁雜草叢生，零星的墓園分佈，這些墓多數簡陋非常，一個土丘一個墓龜石牆，有的墓碑甚至只是塊圓石。

阿公阿嬤埋在這麼古老的地方啊……

「我眞後悔幫妳當說客。」老弟湊了過來，咬牙切齒，「這種路怎麼走？」

「煩耶！頭都洗一半了，不然怎麼辦？」

另一邊的老媽開始碎碎唸，嚷著想回家，我們趕緊上前當說客，今天這件事不了，我眞的睡不著啦！

老爸見我意志堅決，也不再說什麼，只是幽幽看著我們，然後撂了一句：

「那……走吧。」

他大腳一邁，不是踩在路上，是往上坡走去，也就是踩上正被雨水沖刷的小土丘，從人家墳墓旁的小路一路往上爬。

啊啊啊啊，我後悔！我眞後悔死了！我萬萬沒想到連條路都沒有啊！

「唐恩羽！」老弟在後頭指名道姓了，「妳要補償我！」

「煩耶！」我喬了一下背包，水果金紙那些我跟老弟分擔放在背包裡，背包在雨衣內妥妥當當。

既來之則安之，我這麼告訴自己，跟著老爸的步伐也踩了上……哇！第一腳我就差點滑倒，這坡也太滑了吧！重新踩穩，嘿唷的一口氣踩上，趕緊追老爸後面去。

「老爸！阿公阿嬤住在這裡啊？」我追上前，好奇的想聊聊，「這種狀況你找得到墓在哪邊嗎？」

觸目所視，我們都是在人家墳間行走，這裡連個門牌都沒有，到底是要怎麼辦認？

老爸若有所思的看著我，「怎麼會忘？」

「哦……那你常來嗎？」對，我在套話，「不然這麼久沒來掃，草應該超高了吧？」

「嗯，不知道。」老爸聳了聳肩，說了句超級奇怪的答案。

他是故意不回的，我很清楚，每次遇到不想面對的事，老爸就會隨便回答，顧左右而言他，老媽說他就是個俗辣逃避王。

「阿公阿嬤死多久了啊？當年用土葬的話，現在可以撿骨嗎？有考慮燒一燒放進塔裡嗎？」我繼續閒聊，說實在的我只記得老爸說他們是先後病死的，但連確切生什麼病，卒年幾歲卻一無所知。

「應該不會，讓他們好好躺在那裡就好。」老爸喃喃的說，回頭留意老媽跟老弟的狀況，「這種路……妳媽會生氣的。」

「我扛。」我拍拍胸脯。

因爲我知道老媽根本不會生氣，因爲她如果不爽來，剛剛就說在車子裡等我們就好了啊，才不會跟上呢！

老爸接下來就不太說話了，繼續帶著我們翻山越嶺……我說得一點都不誇張，我們他媽的眞的是翻山越嶺，一座小山頭翻過另一座小山頭，整整走了一小時，完全是在荒山野嶺走健行，我的汗在雨衣裡飆，都快熱死了！

「爸！等一下——停！」我忍不住喊住老爸，他就這樣拼命的走，我眞的會吐血，「休息！」

老爸終於聽見了，他疑惑的回頭，我上氣不接下氣的朝他招手，指了指一旁的好野人墳墓——人家有屋簷，我們暫時借躲一下雨，吃個甜點配點茶吧！拜託！

我回頭朝老弟他們指向別人的墳墓前，轉身直接走過去，非常有禮貌的向對方報告，我們眞的需要一個地方暫時避雨，現在舉目所及都是山頭，一點兒遮蔽都沒有，就他老人家的家有塊地可以遮風擋雨。

「打擾了，我們就暫時待一下下。」我雙手合十，虔誠的說著，「如果不行的話麻煩給我一個信號？」

我盯著老人家的墳前看，這戶人家的子女已經來過了，墓前均有鮮花素果，看上去可能昨天還前天的事而已，因爲東西都算新鮮；人家都說很多事會有徵兆，老人家不願意的話蘋果可能會滾下來啦，爐裡的香會斷掉之類？

嗯，五秒鐘，看起來沒事，我再說聲對不起後便踏進裡頭。

「啊，妳怎麼這樣——」老媽一見到我立即發難，「歹勢歹勢厚，我家女兒不懂事——」

「媽，我問過了！」我趕緊回答，「我認眞有禮貌的報備過！」

「啊妳報備人家是有說好嗎？」老媽氣呼呼。

老弟逕自走了進來，把帽兜脫下，「媽，如果真的有人說好，那我們才不敢待咧——」

「好！」

哇——說時遲那時快，一聲中氣十足的聲音從看不見的另一邊傳來，嚇得我跟老弟失聲大叫，二話不說衝出人家的地盤！

「對不起！」我們姐弟異口同聲啊！

戰戰兢兢的回頭看，另一頭的墳邊走來一個戴著斗笠的老人家，也一臉嚇到的看向我們。

「啊歹勢……」老人家肩上還扛著鋤頭咧，「我是要說站那邊沒關係啦！雨這麼大快進去！」

「歹勢啦！小孩子不懂事！」媽媽連忙頷首道歉，「他們就不太懂這些……」

「沒關係啦！又不是故意的，誰會計較這種事！」老人家一邊說，一邊朝墓裡比，「快點站進去，等等感冒就麻煩了！」

「這……」媽媽明顯的遲疑，但老人家拼命揮著手，請她進去。

我是受不了了，因爲我跟老弟嚇到衝出來時，雨帽可沒拉啊！「謝謝喔！」我拽了拽老弟，我們兩個趕緊溜回人家墓前。

「等雨小一點再走吧！」老人家認真的再看了眼不遠處的老爸，「都進去吧，我看這雲快散了，休息一下，沒事的！」

「您是……」老媽這時都會變超有禮貌。

「我……就巡一下這邊的啦，雨下這麼大，怕有的土會流失！」老人家笑著，輕鬆的往前走去，經過老爸身邊時，也催著他進來避雨。

是在這裡工作的人嗎？這個我有聽過，算是墓園管理者的一種。

「年紀這麼大了還在管理啊！」我有點佩服，「而且人家裝備看起來很好啊，雨鞋根本不怕滑……而且他身上那個是……」

遠去老伯的身影在滂沱大雨中漸漸模糊，但是他並沒有穿雨衣，還是穿戴著連續劇裡會有的草編衣服，我一時想不起那叫什麼玩意兒，但他就是沒濕，也沒我們這麼狼狽，頭頂的斗笠更不像雨衣這麼遮視線。

「那是簑衣！」老爸終於也踏了進來，「越古老的東西有時越實用，那種衣服防水，雨都會從旁滑掉，保暖也不輸我們這種厚重雨衣，而且其實比我們這種行動還方便！」

「現在居然還有簑衣這種東西啊……」老弟倒是很有興趣。

「老一輩的都有，很久很久以前我老家也有。」老媽動手解開雨衣扣子，她想拿包裡的東西！

我再三回頭向墓園主人道謝，也把雨衣脫下，掛在一旁的小牆上，下雨讓大家又冷又濕，我個人急速欠缺食物與熱量，我想先吃點東西，喝點水。

老爸看著天色嘆氣，我覺得他回頭看了我好幾次，欲言又止，大概很想唸我為什麼非要來掃墓不可，結果遇上這種爛天氣，搞得滿腳泥濘不說，還讓大家如此狼狽。

「我說眞的，等等雨小了就回家吧！」結果老爸沒開口，老媽發難了，「等等走得再深一點，萬一又遇到大雨，那怎麼辦？那不是人走的路好嗎！」

「還很遠嗎？」我焦急的問向老爸，「我看人家掃墓不是都坐車，沒走幾步就到了嗎？我們還要走多久啊？」

「還得……」老爸看向外頭，面露遲疑，「我覺得還得一陣子，至少還得一小時吧！」

「嗄？什麼東西啊！」老弟受不了了，「我們是來爬山的吧？哪有這麼遠的，那爲什麼不把車停在離墓地最近的地方？」

「要有路停需要這樣嗎？」老媽居然在幫老爸說話，「以前就是這樣，都在山裡走的，埋在山裡也都是靠雙腿走到、雙腿將故者下葬，就只記得這條路啊。」

「我先說好，我不要去了！」老弟堅決的表態，「現在是民主社會，老姐，我們可以來表決，還想繼續掃墓的舉手！」

我即刻舉直右手，遺憾的是，還眞的只有我舉手，其他三個家人淡淡看著我，一副妳應該明白的態勢。

「唉唷！」我忍不住抱怨，「好不容易都來到這裡了！」

「以後有的是機會啦！」老弟喃喃自語，「墓又不會跑！」

老媽一掌直接朝老弟頭上巴蕊，叫他說話小心一點，這裡什麼地方？墓地裡要恭敬，省得等等觸犯禁忌或是被煞到就不好了！

老爸今天異常沉默，十有八九是不爽，被他的女兒折騰半天，跋山涉水來到這裡，冒著大雨在泥濘山路上行走，要去掃他根本不想掃的墓。

我們吃著零食休息，我好像也不得不接受表決結果，因爲我又不知道阿公阿嬤家在哪裡！

「去不了也給我們說說吧？」我邊講邊拉過老弟，「老爸，你爲什麼不太喜歡掃墓啊？」

老媽即刻朝我們使眼色，一副我不該提這話題似的瞄過來，再偷偷瞄向坐在地上、背靠著牆的老爸，他手上一塊年輪蛋糕都還沒吃完，心情一直很差，若有所思的模樣。

「我就……也不是不喜歡，」老爸嘆出長氣，「只是不知道要怎麼掃……」

「呃，不知道要怎麼掃……」這回答絕對出人意料，我看向老弟求翻譯。

「是忘記路怎麼去嗎？因爲我們眞的走超久，路也很迂迴，這根本不算路吧，我們就是在山裡跟一堆墳墓中穿梭而已。」老弟好意的換句話說，他果然細心，「我剛就想老爸你是不是根本不記得阿公阿嬤的墓在哪裡了？」

所謂迂迴，就是說老爸迷路的意思嗎？

老爸登時倒抽一口氣，用一種驚愕的眼神看向老弟，然後嘴角略微抽搐。

「啊咧，就是嗎!?」這簡直令人意外，「居然忘記自己老爸老媽的墓!?」

「都幾十年了！妳都二十幾歲了不是？」老媽又再幫老爸緩頰，「而且有些事妳老爸不想說，就別逼他說嘛！」

欸……我跟老弟不約而同的頸子左轉三十度，老媽也太護著老爸了吧？而且——「爲什麼老媽妳好像早知道的樣子？」

「對啊，妳不是說爸也沒跟妳提過他家的事？」老弟挑高了眉。

老媽一怔，一臉心虛模樣的往外瞟，「啊雨變小了！收一收我們要回家了喔！」

哎呀，哎呀呀，這絕對有問題！我跟老弟心知肚明，老爸老媽他們絕對在隱瞞些什麼，老媽根本知道阿公阿嬤的事吧？

但我還是被老媽的話分了神，抬頭看向天色，剛剛雲層如此厚重的昏暗天空，居然在半小時內變得清亮起來，雨也眞的變小了，那個阿伯眞是厲害，我們剛剛還覺得他亂說耶！

「不愧是在這裡生活的人耶，居然看見那麼厚的雲都能判斷！」老弟也站到牆邊，伸手往外探，「是沒停，但已經是小雨了！」

「看風吧！」老爸對非關掃墓的話題都很願意接，「都是看著風判斷雲的速度。」

傾盆大雨變成綿綿細雨，天色也亮了許多，我感覺到繼續掃墓似乎又有希望了，懷抱著滿腔熱血又想要繼續我的意圖——但還沒開口，老弟直接潑冷水。

「妳少來，趁著雨小快點回車上！」他回來拿過背包，還從裡面拿出一塊布，「出去出去。」

「做什麼啊？」我才拎起垃圾袋，就被他推著離開屋簷下。

只見老弟恭敬的跟墓地主人道謝，然後彎著身，將白色的磁磚地由裡到外給擦乾淨，看著有點慚愧，我差點都忘記要幫人家清理了，我們一家四口滿腳的泥踩在人家白色磁磚裡，多亂啊！

見著老弟邊擦邊後退，直到退出墓裡，還對方一地亮麗白淨的地板，我掏出另一個袋子，接過老弟擦黃的抹布。

「謝了，還是你最細心。」我是認眞的，我眞的都沒想到這種細節。

「走吧！」老弟隨手拿髒手往濕透的雨衣上抹，剛好也是一種洗手。

老爸已經在前頭等著了，像是迫不及待想回去一樣，我有點無力回天，好不容易走了一個半小時到這裡，結果卻無功而返，依舊沒跟阿公阿嬤相會也沒掃墓──我實在太想知道老爸以前發生過什麼事，不願面對父母的墓，這怎麼樣都不尋常啊！

「妳垂頭喪氣幹嘛？不一定要明年啊！」老弟突然到我身邊低語，「清明是下星期不是嗎？天氣好就來個擇日不如撞日？」

我圓睜雙眼，喜出望外的看著他，「好樣的耶你！」

「雖然我覺得這樣逼老爸有點過分，但我也想知道！」老弟跟我說實話，「這太奇怪了，感覺像是有深仇大恨哩！」

同感！我握拳舉起，老弟即刻來了套只有我們姐弟知道的加油手勢，姐弟齊心，其利斷金啦！

雨眞的是不大，也沒有再像之前的驚人，來時的上坡路這會兒變成下坡，在大雨後的土坡上下眞是刺激，輕易就能一頭滑進人家墳墓裡，我多想拿塊木板乾脆一路滑到山下去好了。

又走了半個多小時，我小腿都肌肉痠痛了，因爲得用全身的氣力煞車，避免眞的栽進人家墳頭裡，但是我往前看去，看起來都跟之前的景色一樣，還是不見我家那台深綠色的小車。

還在狐疑，前頭老弟驀地停下，害我一鼻子撞上。

「靠腰！」我撫著鼻子大叫，痛痛痛！

回程時健步如飛的老媽聞聲回頭，同時拉住老爸，「系安怎？」

「都唐玄霖啦！」我按著鼻子，絕對不客氣的在老弟右肩上一擊，「你煞車幹嘛？」

只見老弟回頭，他神情相當嚴肅，這讓我頓感不妙……老弟這種模樣非常不對勁啊！他使著顏色要我上前，然後用下巴指向了左邊十一點鐘方向，某座大戶人家的墳。

跟剛剛我們躲雨的地方很像，也是個有屋簷的墳、可避雨，而且跟剛剛我擦的那處有八十七分像！

「咦！」我咦了好大聲，老弟連忙掩住我的嘴！

「妳低調點，冷靜點！」他嚴厲的說著，叫我在原地站好，他謹慎的趨前。

老媽他們也不解的走了回來，我食指擱唇要大家噤聲，屏氣凝神的等待趨前但不踏入的老弟回來。

「我們走回來了。」他回來時，說了我應該聽得懂卻又聽不懂的中文。

啊……老媽頓悟，看著那座墳，伸手拉了拉老爸，「又是這裡啦！你怎麼帶路的？你迷路了嗎？」

「我……」老爸眉頭深鎖，「我就是照著我們……」後面的聲音聽不見，看來老爸早就發現了。

我蹙起眉，第一時間抄起手機查看，我們的的確確又走了四十分，手機現在完全沒有訊號。

「這裡是山裡，不一定有訊號。」老弟在我嚷嚷前出聲，「但我知道妳要說什麼。」

屁啦！我剛剛半路有拍照還有發LINE給我朋友，我們在那邊躲雨時還在打團戰，收訊剛剛還好好的啊……靠！這難道是傳說中的鬼打牆嗎？

「只是迷路！」老爸突然大聲的說著，「我可能哪邊走錯了，你們待在這邊，我去看一下！」

氣氛變詭異，我也笑不太出來了！我們走這麼久又回到原點太奇怪，尤其我完全沒有感受到我們在繞圈子！我的方向感一向很好，我們就是一路往下，並沒有轉回這裡啊！

要走回這裡好歹也要經過一些上坡路吧？

老媽覺得不安心上前追去，要老爸不要跑太遠，我跟老弟當然是嘗試著拜手機，無論如何都沒有訊號。

「是冒犯到您了嗎？」我二話不說衝到那座墳邊道歉，「我眞的誠心道歉，我請示過您，那時有個阿伯說沒關係，我們才進入的——我燒點錢給您，當過路費好了！」

我急著要脫下背包，拿出零食跟紙錢祭拜對方賠不是，右邊的老弟突然顫了一下身子，壓住我的肩頭。

「等等，妳看！」老弟戳戳我的背，「看墓碑上的相片。」

相片？我仔細的張望……頓時心頭一涼，墓碑上那個笑容可掬的老人家，不正是剛剛那個穿著簑衣、說避雨沒關係的老伯嗎!?

「只是像而已！只是——」我轉念一想，「如果眞的是他，那我們鬼打牆什麼？是他說可以避雨的耶！」

我緊張的絮絮叨叨，老弟卻一副沒在聽我說話般，一把摀住我的嘴，「聽。」

聽？我即刻噤聲，除了細雨打在葉子與地面的聲音外，我聽不到其他……

嗯？我倏而站起，我聽見了！

「有人！」我喜出望外，有人就能問路了！我焦急的想往外衝，聲音的方向在這座墓的另一邊，我得繞過去。

老弟驀地拉住我，使勁的將我拽回來，害我差點滑倒。

「老姐，妳做事情可以先用大腦嗎？」他壓低了聲音，「現在有人不是很奇怪嗎？」

「為什麼？」你問的才奇怪吧？

老弟看著我，做了一個小小、但不耐煩的深呼吸，「我們現在不是在鬼打牆裡嗎？」

哦……我略抬高下巴，輕哦了聲，「又不一定！說不定老爸只是迷路……有人就先問啦！」

我甩開他，推著他去叫老爸老媽回來，別等等大家都走散就麻煩了！而我呢，往左繞過這個大墳墓朝著左方走去，不只有腳步聲、說話聲，還有音樂聲咧！

大墳頭另一邊是個小緩坡，對於健行兩三個小時的我們來說根本小菜一碟，我大步跨上後這裡自然是更多的墳墓與零星的樹木，一開始沒見到人，但順著聲音的方向往前走，很快的看見了目標。

我站在一個高處邊緣，左邊死路，右下是條下坡路，下方約一點五公尺處的路上不但有人，還是一堆人咧，像觀光區般在前行！

「不好意思——」我開口問了，「請問一下，有人知道怎麼走到山下去嗎？」

一瞬間，下方所有人都定住了。

同步到分毫不差的動作反而讓我覺得詭異，這些人彷彿機器人似的，說停就停，有點奇怪啊！

接著，所有人又不約而同的抬頭看向我，一樣是同步進行，一時間我被幾十個人仰頭瞅著，原本到口的話我卻一個字都說不出來……

因爲這些行人，沒有一個是……完整的。

他們渾身滿佈腐爛的黏液，腐肉條巴不住骨頭般的一綹一綹往下流，啪噠啪噠的往地上掉，我正下方的一個女人還因爲抬頭看著我，導致頭骨脆弱得斷裂，頭顱朝後滾上了地。

我沒有尖叫，因爲我完全呆住了，這是什麼惡作劇還是實境秀嗎？

『人……』一個瘦骨嶙峋的男人指向我，『是人！』

『厚厚厚厚——』下一秒，所有人突然發出激烈的叫聲，不約而同的向後轉，要朝著我右邊這條斜路衝上來！

「……」我雙腳難以動彈，這到底是怎麼回事啊!?

那群人爭先恐後的結果並沒有比較快，才回身沒兩步就發生踩踏事件，他們脆弱的身子順著關節折斷，頭顱掉得亂七八糟，全部跌在一起……我看著遍地斷肢殘臂，突然覺得事情不太對啊！

『妳們幾個人？』驀地，我的右肩被一隻手搭上！

「哇啊啊——」我終於放聲大叫，嚇得回身，立刻撞見了一個臉色慘白的女人，嚇得我踉蹌不穩。

女人飛快的握住我的手，冰冷的溫度滲進我的皮肉之下，而她發黑的手也證實了她不是人！

『小心點。』女人幽幽的說著，越過我朝後看，『我是妳的話，會馬上立刻離開這裡。』

我看著被握住的右手，不自覺的顫抖，隔著雨衣加外套，那隻手的冰冷依舊準確的傳遞著……到底爲什麼啊？這個也不是人，下面那一票也不是，所以我們不只是在鬼打牆，我們遇到了鬼？

「姐！」老弟的聲音傳來，他緊張的煞住車，驚恐的看著我跟那個女人。

「不要過來！」我直覺的喊著，朝左後方看去，下方那群亡靈裡，依舊不乏身強體壯的鬼人，正踩著其他屍體山要上來。

驚惶的正首，眼前的女人在一秒內把臉拉得超級長，七孔狹長得噁心，五官扭曲變形的伴隨大吼——『跑啊！』

她尖叫的鬆開了我的手，我不假思索的立刻回身朝老弟那邊跑去，跑啊！

「那什麼？」老弟臉色蒼白的問。

「跑！跑就對了！」我拉著他往回衝，老爸老媽已經被叫回來在避雨墳旁等待，不明所以的看著我們，「快點跑！離開這裡！」

「蝦咪？」老媽皺起眉，自然不解。

我跟老弟懶得說話了，衝過來就推著他們往前走，老弟更厲害，直接說後面有凶神惡煞拿著槍追過來，簡單明瞭到老爸他們三秒加速，跑得比我們還快！

問題是能跑哪裡去？我們現在正在鬼打牆啊！我們現在又順著路往下衝，這是求生直覺，沒人逃命時會選上坡路走的！

「那什麼東西？為什麼會有鬼？」老弟依舊無法連結上現實，「剛剛那個女人怎麼看都不是人啊！」

「你只看見那個女人而已，還沒看見下面有一大票人……好兄弟咧！」我邊說一邊巴了自己一掌，幹！會痛！「超噁心的！」

老媽速度變慢，長期缺乏運動，從逃命時就看出來了啦！電影都有演，第一是跟著專家走，第二體能定要有！

「這邊！我們還沒走過這條！」老弟拉住我們，我們跑到了下坡段暫緩的某段，右手邊是連條像樣的路都沒有的墳墓區，的確沒走過。

但是，現在這種時候……我看著一重重的墳丘，誰能保證跑過去時，墳裡不會突然有什麼跑出來把我們拖進去？

「現在是怎樣？」老爸上氣不接下氣的問著，兩老都丈二金剛摸不著頭腦。

「我們剛剛鬼打牆所以走回原路，我聽見有人說話跑去問路，結果是一大票屍體……是好兄弟在說話。」我不安的回頭，我們每個人都能聽見嘈雜聲由遠而近。

他們來了，那些亡靈是眞實存在的！

老爸老媽認眞看著我們，接著老爸吃力的想從口袋裡拿出糖果，他覺得我血糖太低產生幻覺。

「別拿了啦，連我都看見了！」老弟扯過他們往前推，「那條路走過了就別再走了，賭賭看！」

「妖壽喔！你們兩個都幻覺喔！」老媽不想走的抱怨著，「是在玩什麼整人遊戲啦？」

咚——咚咚——餘音未落，上方有東西一路滾了下來，那東西砸中了上方某個人的墳頭、彈起撞上下方另一個人的墓碑，終於滾落到我們的面前。

『人……』一顆摔到頭骨破裂的頭顱在我們一家四口中間打轉著，如破裂西瓜般的腦子裡不是鮮紅，取而代之的是爬滿生蛆的腦子，『我要這幾個人！』

「哇啊———」

終於，我跟老弟站在原地，看著老爸老媽突然成爲百米選手往老弟指定的路衝過去，深深覺得腎上腺素是個極爲奧妙的東西。

『不要跑！你們跑不了的！』男人笑得欣喜若狂，一雙眼飢渴般的看著我們，『會來這裡都是有原因的！你們該死該死該死——』

剎——在我來不及反應之際，那顆頭突然從我眼前消失，速度快得連殘影都瞧不見，我只看見老弟右長腿往前伸，那是踢球的帥氣姿勢，然後緊繃著身子轉頭拉過我。

我們開始狂奔，我前後左右都在留意，數十個駭人的亡者們跌跌撞撞的衝來，目標全是我們。

「你剛剛……太帥了！」跑了好一段路，我由衷的說。

「因爲那個太嚇人了。」老弟刻意繞過別人的墳頭，「我絕不想跟那種東西多待一分一秒。」

「誰想啊！」我有種想哭的衝動，這到底是爲什麼!?

我只是想掃墓而已！

終於看見老爸老媽的背影，腎上腺素足以讓我們跑贏那些脆弱的腐屍，而且沿路的墓裡沒有東西竄出來，好哩加在，果然電影只是電影，跟現實不一……不對，嗚，現實也不會這樣吧！

至少我們突然發現了下頭有條石子路，那眞的是道路，至少又大又平坦，但這時出現這種路只是讓人起疑，不過我不覺得我們有猶豫的權利。

「我先下去看看好了。」老弟突然在這時候變得好可靠。

「不，我下去。」我堅定的攔下老弟，「好歹我是老大。」

我肩膀一斜，任背包從背上滑落，右手緊緊握住背包提袋，這種情況沒個防身物品我會怕……雖然我沒有撞鬼的經驗，不知道背包有什麼效，但手裡握著東西總是比較踏實。

護身符沒什麼鳥用啦！來掃墓前我們人人都配戴了護身符，剛剛那個女鬼還不是直接拍我的肩、握住我的手！

距離石子路大概有一個人高的落差滑坡，我索性直接滑下去，雙足踩到石子地時，一點都沒踏實感；左右張望，整條路上空空盪盪，沒有人也埋有可怕的亡靈，但是溫度卻驟低，逼得我的寒毛全豎起。

因爲，我的耳邊傳來了碎語聲。

『是喔，我女兒昨天才來看我呢！她生了一個好可愛的女孩！就抱過來給我看了！』

『眞好啊，我已經好幾年沒看見我兒子了！』

『這兩天天氣不好，我孩子們應該是下週才會過來吧！』

『我這邊帶了好些水果，等等大家一起來吃！』

我打著寒顫，感受到一股又一股的冰冷襲來，而且是「穿過」我身子的感受，一下左邊、一下右邊，剛剛還有從我身體中穿過的冷冽感，凍得我直打哆嗦，心臟緊得如同心悸。

說話聲就在耳邊，有的在後方，邊走邊往前，我認眞的看著地面，水窪漣漪未止，石子們微微顫動。

老弟很聰明，他沒有動作，就蹲踞在上方觀察著站在那裡的我；我也沒敢抬頭看他，我只是舉起右手暗示不要輕舉妄動，然後順著聲音的方向往前走。不要讓我看到那些東西，拜託不要，隱形的都沒關係，爛掉的人看起來眞的太噁爛了！

朝前走了不到一分鐘，石子路寬敞且有岔路，一條筆直往前，另一條朝右一個大彎，這種路打死我都不信是眞的，因爲那是寬到連遊覽車都能行駛的道路，這種路怎麼會在山區的中間？

但意外的是岔路口居然有路標，我戰戰兢兢的在路的對面望著那路標，木製的箭頭形狀，但上面沒有字啊！

這是在開我玩笑嗎？那上面至少有五個牌子，一般在平地遇到民宿區時，一條鐵杆能有幾十個路牌考驗用路人的速讀能力，但現在這是無字路牌，再強的速讀力都瞧不見啊！

我多希望，上面有個「出口」指示。

窸窸窣窣的聲音越來越清楚，穿過我身體的人越來越少，因為……我漸漸看見了在這條路上行走的身影，雖然現在還有點半透明，但是我還是看得見了！

握緊背包，我咬牙不讓自己尖叫，但是經過我身邊的「人」們看起來都跟我差不多，沒有腐爛生蟲，也沒有斷肢，或是可怕的狀態，除了半透明外，就一樣是個人。

現在怎麼辦？我們已經在奇怪的地方了，根本閃不掉，車子停在哪邊我打賭老爸也不記得了，甚至沒人知道這是哪裡！

繼續在山上亂竄？還是到這條路上躲？一個屋簷都沒有我們能躲到哪裡？我抬頭看著天色，遲早會天黑，我們到時要去哪裡？

『喂！』正前方有人在說話，但我沒留意，因為一條路上都像夜市一樣吵。

「喂！叫妳！」迎面而來一個透明度大概70%的人，直接站到我面前，「半死不活的，去哪？」

我整個人是向後大跳的，驚恐的看著走來的男生，幸好不爛無傷，而且還有點好看哩！濃眉緊皺，雙手交叉胸前還一臉不耐煩的瞪著我。

我本想開口，但又緊張的雙手摀住嘴，這個男生不是人吧？如果他發現我是人的話會怎麼樣？

「幹嘛？掩住呼吸我就看不見妳喔？那妳有本事停止呼吸二十四小時……電影看太多了嗎？」他碎唸著，一邊朝我來時路看去，「不只一個啊，認識的？」

什麼？我趕緊看過去，老弟居然帶著爸媽一起過來了。

「你們怎麼——」唉呀，一定是我失蹤太久了。

「妳忘記我們後面有追兵了嗎？」老弟戒慎恐懼的嚥著口水，打量著眼前70%透明度的男生，「這條路上……」

「哦，不意外啊，難得有半死不活的人嘛！」男生勾起嘴角，笑得嘲諷，「放心啦，大路上不會有人攻擊！難得清明節，大家都要去聚聚！」

「什麼叫半死不活的人？你這樣喊我兩次了。」我緊張的問著。

「這裡都是鬼，妳以爲爲什麼你們會在這裡？」男生聳了聳肩，「放心，你們不會是唯一的活人，等等還會看到很多吧！」

半死不活？難道我們出事了？我不解的看向老弟，他也沒印象我們遭遇到什麼事啊？

老爸老媽跟了上來，困惑的看著一個又一個透明度逼近80%的人們，「這……天哪！我們是怎麼了？」

咦？我跟老弟不約而同的回首，爲什麼老媽說得這麼準？「媽，妳知道我們出事了？」

「啊不然怎麼有這麼多好兄弟啦！」老媽拉住老爸的袖子，「系安怎啦？」

「不知道啊！我們不是……在山裡嗎？」老爸困惑非常，但對於我們似乎可能出事的事卻非常泰然。

「走右邊那條。」男生直接指向右方，「還是我帶你們過去好了。」

「要去哪裡？」我警戒的問。

「飯店啊，不然你要在外面喔？我們都無所謂啦……」他打量著我們全家，「我不信你們能撐多久。」

我腳有點軟，得抓著老弟才能站穩，這是在搞什麼肖話，還飯店咧，我剛在墳墓堆裡撞了鬼、被鬼追殺，來到這個莫名其妙的地方，現在還有飯店了？

「請問，有能離開這裡的方法嗎？」老弟客氣的問，「回到人界。」

「來這裡的人都是有原因的，不會有無故進入的人，就想一下你們出了什麼意外，或是做過什麼事吧。」男生轉過身，「有因必有果！解決了就能回去或是——」

我喉頭一緊，「或是？」

「回不去就跟我們一樣囉。」他回眸燦笑，笑容很陽光，也很欠揍。

這時我發現，他的透明度來到80%了。

我完全不能、不想、也不願意接受這個情況，但卻不得不接受，我跟老弟迅速調整心情，拉上老爸老媽，只能跟著男生走；而隨著他的透明度越來越清楚，我們四周的「人們」也開始變得清晰。

一直到所謂的「飯店」前時，已經沒有任何半透明的人了，所以人都像正常人一般，但是可以從他們的臉色看出是人是鬼……還有從容度。

「呀——呀——」遠遠的有人在尖叫，「這是哪裡!?走開！哇啊！」

像這種不停尖叫的幾乎都是人。

「進去櫃檯直接CHECK-IN就可以了。」男生指向飯店大門。

「這是兜位啊？」老爸嚴肅的問著，「能住人嗎？」

「而且我們沒訂位。」老弟也不想住，廢話！

「不必訂位啊，會來這裡都是有原因的，你以爲撞鬼這麼容易喔？」男生笑了起來，「保證早就有你們的名字，有人早就幫你們訂房了！」

這句話聽得我心頭一寒，我一點兒都不想進去這間「飯店」。

偌大的飯店富麗堂皇，座落在荒山野嶺中，這裡前不著村後不著店，寬廣的飯店前廣場兩邊一樣是熟悉的各式墳丘，而這座飯店極其突兀的出現在山中，彷佛從地裡莫名長出來似的。

只是很不協調的，是在荒山野嶺中，飯店是新古典主義風格，歐風建築，距門口十公尺以外的我都可以被大廳的水晶吊燈閃瞎。

朝上看見門上的招牌，我又起了股惡寒。

「那認眞的嗎？」我指向上方的字樣。

帶路的男生起先不太懂，但順著我的指頭望過去，不由得蹙眉，「怎樣？杳花村啊，就飯店名字，大家應該耳熟能詳吧？清明節知名度最高的飯店啊！」

我不想知道啦！

「大哥，可以請問怎麼稱呼您嗎？」老弟像是想到什麼似的，聲線緊繃低沉。

「我？還要問嗎？」男生笑出一口燦爛白牙，「就牧童啊！」

清明時節雨紛紛，路上行人欲斷魂，借問酒家何處有，牧童遙指杏花村。

只是這句詩沒解釋到的是：路上行人欲斷魂的「斷」是動詞，是要斷我們的魂！然後我也沒問誰酒家何處有，我是說想回家好嗎！問題是偏偏有個叫牧童的指向旅館，旅館還真的叫杏花村！

不過一切正如牧童所言，我單槍匹馬一進入飯店，立刻就被飯店人員領向櫃檯，我連名字都沒報，親切的櫃檯小姐就已經唸出我全家每個人的名字，然後說我們訂了兩間房。

訂個屁！我多想這樣喊，但最後我只能呆站在櫃檯前，接過兩副沉重的中國古銅鑰匙……歐式建築、中國牌匾、古代的鑰匙，這間飯店真是貫徹了混搭風啊！

大概因爲眼前的景象太平和，讓我們沒有太多抗拒，我們就像是眞的來到一間度假飯店似的，只是大堂裡大部分不是人。

「我沒有訂房！」對面櫃檯一個女生突然尖叫，「我要回家！我不知道這哪裡！」

「小姐，我先帶您去房間吧！」飯店人員專業的上前。

「不要碰我！不要——」女孩歇斯底里的喊著，「放我走！拜託！我眞的什麼都不知道！」

兩個女性飯店人員上前將她扶起，但觸及她的瞬間，那女孩再度歇斯底里的尖叫、扭動身體。

「呀——呀——」她激動得跌到一邊，縮成一團，「是我不好！我不是故意的，不是我害死妳的！」

咦？我仔細的看著女孩的方向，飯店人員逼近了她，有別剛剛的客套，這次卻是強硬且粗魯的箝制她的雙臂，將她拉起後，直接拖向了電梯。

「是妳自己跳樓的，我不知道妳會自殺！」女孩的尖叫聲迴盪在整個大堂裡，

「不能怪我！妳太脆弱了……放我下來！」

電梯門倏而開啓，她的尖叫聲在被扔進電梯門緊閉後消失。

我喉頭緊窒的深吸了一口氣，牧童所謂的有因必有果，就是指這樣的事嗎？我們在這裡都是有原因的，所以飯店早就登記了我們的名字，連房間都已備妥。

「這邊請。」帶著我們的是個年輕男人，禮貌的引領我們。

老爸不想動，他拉著我搖頭，「這裡怎麼能住？」

「不住我們沒地方去。」老弟緊握著老爸的手，「我現在也不知道怎麼辦，但我們不可能待在外面淋一天的雨，或是再走回去。」

「爲什麼會這樣，這些都是……好兄弟嗎？」老媽顫抖著聲音，身子抖個不停。

「必須搞清楚爲什麼我們會在這裡，才能回家吧。」我看向站在一公尺遠處、等待著我們的飯店人員。

我知道老爸老媽邁不出步伐，遇到這種事誰能冷靜？莫名其妙撞了鬼，還要住到鬼飯店，這是種明知山有虎，非向虎山行的無力感；但我眞的體會到不往前走，我們只會被困在原地。

問題是，我們有多少時間能浪費？

最後是我扶著老媽、老弟攙著老爸，跟在飯店人員後頭走著；奇妙的是他沒有送我們往樓梯或電梯走，而是穿過了一樓大廳，朝後方走去。

「請問來到這裡的人類，都是出意外的嗎？」我問著飯店人員，不問白不問，「我們來到這裡，得做什麼事才能回去？」

飯店人員回頭看著我，禮貌的笑著，「您有專屬房間跟專屬房務，你們會知道的。」

「知道什麼？我現在什麼都搞不清楚。」老弟不客氣的回著，「我們出車禍了？還是在掃墓途中摔傷了？所以靈魂介於生死交界跑到這裡來？」

「都有可能，不過重點是有人希望你們來。」飯店人員說得自然，「小姐剛剛也看到大廳的情況了，有人希望那位女士過來解決事情，溝通一下可能有的誤會，所以才會到這兒來。」

有人希望剛剛那個女生住到這裡來？這怎麼聽都像是有人被欺負後跳樓自殺，自殺的那個讓活人來到這裡會有好事嗎？溝通有很多種啊，平和的跟暴力的兩種都算好嗎！

「所以，有人幫我們登記住房。」我虛弱的問著，「需要溝通的那個人。」

「正是。」飯店人員泛出會心一笑。

我們彷彿穿過了兩棟飯店的寬度，終於從後門走了出去，有別於窗外的透亮天色，一從後門出來後，外頭便是黑壓壓的天空，一種山雨欲來風滿樓的詭譎氛圍，只差在還沒下雨而已。

「我們要去哪裡？」老媽緊張的問著，「爲什麼不是住在飯店裡？」說著，老媽停下腳步拽住我，她想回頭。

「媽……媽！」我以爲我抓住她了，但老媽卻刹地把我推開，直接往回衝去。

我們剛從飯店走出沒有五步，但是老媽回頭時，剛剛那對開雕花的金色大門竟然已關上，而且衝上前的老媽握住門把，使盡氣力都打不開那扇門。

「媽！」我趕緊上前，我不是要勸退老媽，我是要幫她開門！

握住門把往後拖，這門不管拉推拖曳就是紋風不動！

「喂！」我氣急敗壞的回頭喊著，「爲什麼我們回不去!?」

「你們房間不在這裡啊，請跟我來。」飯店人員永遠笑容可掬，但虛假得令人發寒。

「所以，我們房間不在裡頭，就不能進去了嗎？」老弟提出了專業問題。

飯店人員的笑容終於劃得較深些，滿意的點了點頭，「是的。」

不通過這棟樓我們就回不去飯店前的廣場嗎？回不去廣場就到不了來時路，無法走回原來鬼打牆……我不是說要回去，只是至少那是熟悉的路啊！

現在搞成這樣，我們連條路都不知道怎麼走了！

「這太陰險了吧？先讓我們進來，然後呢？我們能離開飯店嗎？」我即刻追上前，「我現在不知道門口在哪邊，我也回不去來時路！」

「等等會跟您說明離您房間最近的門，在這裡是不會迷路的。」飯店人員輕輕的回應，說得好像還眞的有很多門似的。

問題我現在舉目所及，就是昏暗的天空跟一個看不清楚有幾棵樹的後花園，面前是比我高一點點的藤蔓架，我還得伏低身子才能穿過。

「啊……」前頭的老爸激動的揮著，因爲那些垂下的藤蔓葉子會觸碰到身上，令人忍不住全身發毛。

幸好藤蔓架不過兩公尺長，我們一下子就穿過去了，接著來到另一種混搭風情——VILLA 小屋。

一棟棟小木屋連成一線，有些已亮燈，有些尚未入住的黑暗，服務生帶著我們來到中間兩棟小木屋前，舉起手上的鑰匙牌查看。

「603是爸爸媽媽的，隔壁832是姐弟的。」飯店人員先走向603，進VILLA前還得先走上六七階的階梯，「鑰匙有點沉請留意。」

連房號都莫名其妙，相連的兩棟小木屋，房號卻天差地別、毫無連貫？

他將鑰匙拿起，遞給了老爸。請。

老爸根本不想動，他一直恐懼的看著飯店人員，是老弟先接過的……但他才伸出手，飯店人員即刻抽回鑰匙。

「必須由屋主開啟。」他笑著這麼說，但眼神帶著責備。

「我來啦！」老媽唸著一把搶過鑰匙，輕鬆的打開了門。

也不過向右轉一圈，正常的開門程序，哪來這麼多規矩？

「我們住一間就可以了吧！」我急著要進去。

飯店人員手一橫，攔下了我們，「請先讓我帶您入房，各人必須住在各人的房間裡，寒喧也不能入內。」

「這什麼鬼規定？」

「兩棟木屋中間有個客廳，每六個小時可以在裡面會面三十分鐘，其餘時間請回到各自房間，絕對不能到他人房裡，否則後果恕不負責。」飯店人員逕自說著，「無限量供應三餐，都會放在客廳中，至於本飯店的餐廳Buffet，只提供非人類使用。」

非人類……我們同時嚥了口口水。

「所以……我們不能吃，我懂。」我喃喃唸著。

「不，您根本看不到餐廳位子，不過一旦您往生，就能輕易尋獲喔，到時只要到餐廳門口報房號就可以了。」服務員輕快的說著。

我一點都不覺得輕快，抓過鑰匙，跑回我們的小木屋打開房門。

只是，一打開房門後我就傻了。

這裡頭的陳設，是我跟老弟的房間。

我跟老弟平常是睡上下鋪，這間房間也是一樣，上下鋪，兩張書桌，兩個衣櫃……唯一不同的是房門的位子，房門背對著我的書桌，這是一般人最討厭的位子。

側邊的牆有另一扇門，我們可以聽見爸媽的聲音，輕易的打開門後，果然有間客廳，桌上擺放了所謂的餐點——全部都是祭品類的餐點，泡麵、餅乾、旺旺之類的，還眞是物盡其用。

「這是怎麼回事？誰會希望我們來？事情沒解決還不能回家？」老弟一坐下來，立即問向爸媽，「老爸老媽，你們一定知道些什麼……爲什麼不掃墓？當年阿公阿嬤發生了什麼事嗎？是他們叫我們來的嗎？」

老弟突然這麼嚴肅，就表示事情很大條，我趕緊坐下來，看著對面的爸媽……他們神色凝重，看來果然有什麼。

「我……可能是你阿公阿嬤想說些什麼吧！畢竟這麼些年來，我都沒有好好掃過墓……」老爸看上去非常愧疚，「他們可能眞的很生氣！」

是嗎？我跟老弟實在不太相信，老媽在一旁嘆氣，「先把雨衣都脫下來，又濕又冷的……來！」

她一邊說，一邊扶起老爸回到自己房間，老爸速度很快，完全就是在逃避；老弟也不爽的轉身回頭回房，我望著桌上的食物有點想吃泡麵，但是吃了這裡的東西會不會死人呢？

想一想我還是拿我背包裡的餅乾出來啃比較實際。

「老爸一看就不想講，老媽亂護航啦！」我回到房間，脫下雨衣掛好，把背包放到書桌上，拿出餅乾來吃。

老弟一骨碌滑到我右手邊的下舖，接過我遞上去的仙貝，「只是沒掃墓至於嗎？我覺得有更嚴重的事。」

「我現在跟不上現實你知道嗎？我們在一個都是……鬼的世界。」我拿下頸上的護身符，「我們是不是在山上出事了？正在急救或彌留中？」

「妳小說看太多了。」老弟隻手枕在頭下，仰躺著看向近在眼前的上舖隔板，「老爸不掃墓就是個關鍵。」

我把護身符繫上背包，這玩意兒一點用都沒有，剛剛我被一堆嚇死人的好兄弟追，也沒有什麼保護作用啊！而且，我們現在也在這什麼鬼飯店了好嗎！好想吃泡麵啊……現在的我全身發冷，就需要一碗熱騰騰的……

「都怪我好不好！我不說要掃墓就好了。」我抱怨我自己，「都不要上山，就不會有這些事。」

老弟一口氣把餅乾塞入嘴裡，起身也拆下護身符往背包繫上，「很多事怎麼躲都會來的啦，不必在那邊早知道……」

我有點感動，「你眞好，還在安慰……」

「但是，對！他媽的妳爲什麼堅持一定要掃墓！不上山就不會有這些事啦！」老弟氣急敗壞的把背包往角落扔，「不管我們是滑倒還是出車禍，總之，就是因爲妳說要掃墓才會有這些狀況！」

「到底是誰小說看太多了啊？」

喀啦！

左後方的衣櫃裡突然發出明顯聲響，老弟打直身子，我也回身呈戒備狀態，那是衣架子晃動的聲響，但我們可連衣櫃都還沒打開咧。

我扯扯老弟的袖子，「妳不要想，我才不會去打開那個。」

「我們晚上如果要住這裡，是要怎麼睡？」我中肯的問，誰睡得著啊？

但是衣櫃就這麼一點聲音後，此後便安靜無聲，我們兩個稍微放鬆，老弟坐在床上趴在我書桌邊，我們討論著接下來該怎麼辦；手機電力滿格但毫無訊號，收不到訊息也發不出去，現在只能當照相機跟手電筒使用，但現在誰有心情自拍？

連想查一下新聞案件都很難，不知道能不能搜尋老爸的名字查到什麼厚？

「別耗電了，以防萬一。」老弟交代著，再度躺回床上，「再一片餅乾。」

我才伸手要拿，塑膠袋的窸窣聲，都抵不過我背部、正後方房門的開門聲……咿……歪……

我剛說什麼來的？這是所有人最討厭的配置，書桌背對門，隨時都會覺得背脊發毛，更別說剛剛進門後，我們是把門關上了好嗎！

我手上握著餅乾卻不敢輕舉妄動，老弟也僵硬躺在床上，我不知道的是，他看著的上舖隔板上，正緩緩浮現出一張臉，具壓迫性的瞪著他。

因此我們屏氣凝神誰都不敢說話，聽見門開到最大，外面還透進光線咧！

『寶貝孫子……』女人森幽的聲音傳來，和藹中卻帶著毛骨悚然。

孫子？我緩緩回頭，看見一個阿嬤站在我們房門口，沒有影子的朝著我們笑。

「阿……阿嬤？」我嚇得站起，手朝弟弟揮著，真的是阿嬤！

老弟沒動，不知情的我氣急敗壞的把他拉起來，他嚇得直往我身後藏，甚至繞到我右手邊去！我當下只看著門口的老婦人，她看上去不過四五十歲，但臉上飽受風霜，相當瘦小，穿著一件舊時衣服走了進來。

「進來要先敲門吧？阿嬤？」我不明白她怎麼進來的，「如果妳真的是我們阿嬤。」

『真的啊！我就是！』阿嬤激動的說著，一邊居然朝床的方向看去，『老伴！告訴他們我們的兒子是誰？』

看哪裡啊！我即刻看向老弟剛剛躺的床，一位阿公曾幾何時已坐在那裡了！

「他剛嵌在床板裡！」老弟的聲音都在抖。

『唐阿豐啊！』阿公咧嘴衝著我們笑，他如果有面鏡子，可以看一下自己的嘴角都裂到耳根了。

「爸——媽——」第一時間，我扯開嗓子喊著，「阿公阿嬤來了喔！」

但是隔壁突然傳來物品掉落聲及碰撞聲，緊接著是老媽的尖叫聲，「呀——」

咦？我跟老弟立刻明白有問題，但是腦袋一片空白，誰知道要怎麼辦啊？

『他們欠下的，就由你們來還！』阿嬤筆直的朝我衝過來，『我們等這天很久了！』

我跟老弟只知道後退，而床裡的阿公二話不說直接衝出，一把抓住老弟的手，竟往床裡拖！

『給我你的身體！』

什麼!?我出手拉過老弟，才不讓他被阿公扯住，但衝過來的阿嬤正面朝我撞來，我如果不閃躲，就會被撞上了——最重要的，我根本不信那是阿嬤啊！

「哇啊！」我不得不鬆開老弟，蹲下身閃躲。

沒有東西撞上，也沒有東西飛過去我頭上，我蹲踞在地張望，看見的是被阿公壓在角落的老弟，被阿公死死掐住頸子。

我不顧一切的衝進下鋪，先把阿公撞開，他衝著我咆哮，露出了猙獰扭曲的臉，像是要朝我咬下似的。

「不准碰我弟！」我氣得抓起床上的枕頭塞住他的嘴，一邊扯著老弟下床。

『絕對不會放過你們！問問當年妳的父親對我們做些什麼！』阿公從床邊緣爬出，如蜘蛛般噁心的攀上牆壁。

我拉著老弟朝門外衝，剛剛大開的門居然硬生生關上了！

砰的一聲嚇了我們一大跳，而路過的衣櫃卻傳來了衣架們碰撞的劇烈聲響，我們兩個全處在慌亂中，眼前的大門緊閉，左方牆上盤踞著阿公，右邊的衣櫃門刹地打開，阿嬤衝了出來！

她輕易的扣住我的肩，轉眼就把我拖進衣櫃裡了！

「哇呀呀——」我真的是背對著被拖進衣櫃裡，門瞬間被關上，四周一片漆黑。

我在裡面上演了貨眞價實的歇斯底里，黑暗侵蝕著我的神經，我抓狂的亂踢亂打，但怎樣就是推不開眼前的門，身上一直有冰冷的東西竄進身子裡似的，我喊著老弟求救，但卻什麼回應都沒有！

然後，我感受到有東西伸進了我的嘴裡。

可以再噁爛一點！我胡亂的抓住嘴巴前的……是一隻手，阿嬤居然把拳頭伸進我嘴裡是想怎樣？我雙手緊抓住她的手，整個人往後跌上地，借力使力的把阿嬤甩來甩去！

磅的一聲門開了，我人一滾出去就是一陣乾嘔，結果赫然發現我居然是在外頭小木屋前的路面上，還是某個花叢裡滾出來的……旁邊是我們剛剛住的那一整排小木屋，只是我現在搞不清楚是不是我們住的那排。

快速冷靜，斜前方有個木頭活動式服務台，那兒站著一個膚色黝黑又魁梧的人，西裝筆挺的看著我。而服務台的右邊，就是一扇敞開的木門，外頭看起來是旅館外的馬路。

「報案！我請求協助！」我看見飯店人員立刻上前，「我不管這裡有什麼機制，我現在被……我撞鬼了！」

「那是冤親債主，是擁有黑令旗的人，申請到黑令旗便表示獲得復仇許可。」飯店人員用親切的口吻回應著，「是他們付的房費，是邀請你們的主人，我們一向建議雙方彼此好好溝通，以得到彼此都滿意的答案。」

「你知道你在講什麼幹話嗎？」我皺著眉質問。

雖然我眼前就有一道門，看起來好像似乎可以往外衝，但是我又很怕出去了就回不來，但現在也不敢回小木屋去，四周除了飯店人員外，連老弟都不見蹤影。

「本飯店不會迷路，只要您能活著走回來，都能回到自己的屋子裡！」飯店人員再度親切的提醒。

「我謝謝你喔！」我覺得離開飯店不妥，服務台後面又是一片漆黑，我唯一熟悉的就只有……

回身看向剛剛通過的藤架，走到前面去嗎？就算不能通過飯店，也總有路可以往大廳去吧？不然退房要怎麼退？

我用正常的思維去考慮，鼓起勇氣從來時路去。

這裡的燈很妙，一堆燈朝著小木屋照，那兒就明亮中帶著點死寂，而一公尺之差的藤架這區，便是漆黑詭異得只剩殘光，剛剛也是這樣走的，不怕不怕……對，不怕才怪。

現在走過下方，那些藤蔓樹葉碰到我的臉我的頸子就讓我覺得又癢又害怕，濕冷冰涼的……而且還覺得好像觸到我身上後，葉子還又動了一下。

「沒事沒事……」我自言自語的踩著地板上應該有的石板子往前走，剛剛走這條不就幾步距離，爲什麼現在走這麼遠了還沒出去？

藉餘光抬頭，上方都是垂下的藤蔓，放眼望去也全都是啊！我才沒走錯，這裡明明沒這麼長！

「路呢？」我忍不住用手亂撥，眼前的藤蔓好像越垂越密，我都看不見前方……濕濕的？

葉子是濕的，我搓搓右手，感覺到濕黏一片，這給了我很不好的預感……毅然決然拿出手機，單手解鎖對現在的人來說是小菜一碟，我沒開手電筒，只是打開手機螢幕，至少方向要對啊！

螢幕一亮，好歹照亮了我眼前的路。

藤架上的藤蔓條條垂掛而下，而每一條竟全是頭髮，我忍不住頭往上抬，一顆顆的頭顱擱在藤架上方，全以趴姿卡在上頭，一雙雙靈活的眼珠子咕溜溜轉著，瞅著我。

「哇啊——」又一綹頭髮擦上我的臉頰，我不顧一切的放聲大叫，「走開走開啊！」

怕就是要叫，這叫釋放壓力！

我在藤架下胡亂走卻只是在一堆帶血的頭髮裡鑽，完全找不到路，直到腳踢到了硬物，差點沒讓我往前撲倒！

我及時撐住身子，手機從手上滑落在地，藉由自地板照上的光線，我才發現我是撞到了一口井。

對，就是古早時代的那種井，某電影某妹子爬出來的那種井，我嚇得直起身子，慶幸下方一片漆黑，我看不見下面有什麼……媽呀，此地不宜久留！

我轉身才要拾起手機逃之夭夭，但井裡卻倏地竄出人影，攬著我的頸子就往下拖了！

「哇啊啊啊啊——」我伸手抓住其中一把頭髮，藤架上的頭顱跟著發出撕心裂肺的慘叫聲，但我死活不放手。

爾後只聽見一堆雜物崩毀聲，手上的頭髮跟著鬆軟，我失去了支點，整個人被拉下井裡。

『一切都是他害的，還我一具身體天經地義！』阿嬤的聲音在黑暗的井裡迴盪著，我知道是阿嬤拖我下來的！

但是她說的我一點都不明白！

我一路擦撞，但井並不深，我很快的跌到了一堆黏軟的東西上頭……我一點都不想知道是什麼，我只知道我的手隨便舉起，指間都卡了一堆頭髮！

「干我屁事關我屁事！」我只剩下發狂的亂打。

我可以感受到有人正抓著我，我也只能盡全力的反抗掙扎，這裡黑得我根本什麼都瞧不見，當感受到有東西彷彿竄進我身體裡時，一種詭異的冰涼與反胃頓時湧上。

「滾開……」我難受的抵著阿嬤的雙肩，不客氣的把她往井壁上撞去，「我沒害妳、我沒害過誰，拿什麼旗子啊啊啊！」

「妳！妳放手……放——」

搖著阿嬤的雙肩，我死命的朝井壁上猛敲猛撞，我已經失控得無法克制，直到某個瞬間，手上的阿嬤消失，我才因爲用力過猛，自己往前撲向井壁。

「啊……」我雙手抵著井壁，慌亂的即刻轉身貼著牆，感受著周遭。

抬頭可以看到井口，因爲我手機的螢幕還亮著，我設定十分鐘才滅，所以現在才能有餘光照耀；井口好像有些雜物擋著，剛剛我拉扯某綹頭髮時，聽起來是將藤架給拆了。

「老弟——喂！唐玄霖，聽見了嗎？」我開始試圖往井口爬，「有沒有人啊？老爸？老媽？救命啊啊啊！」

我大聲呼救，自己的聲音都在井裡迴響，仔細聽，可以發現有不屬於迴音的聲響來自於井底，那像是種訕笑聲。

不要理不要想，我只要想著爬出去就好。

我試圖攀爬，看起來距井口大概一層樓深，但是井壁絲毫沒有附著點讓人非常難爬，我用指甲扳住的下場，就是指甲整片扳斷，在井壁上留下血痕。

「幹——」我疼得壓住手，在井裡咆哮，「我招誰惹誰啊！我幹嘛要來掃墓啊！」

「知道了厚！」

井口上方突然傳出熟悉的聲音，我喜出望外的抬頭，看見老弟的身影。

「你還活著！」我眞是欣喜若狂。

「謝謝，我活得很好……就是……」老弟不安的朝旁看去，「妳知道這藤架上是什麼嗎？」

「我看到了。」我伸長手，「快點拉我出去！」

老弟說了聲等等，即刻消失在井口，我尖叫著叫他給我滾回來，他這樣消失我會怕，萬一他不再回來怎麼辦——才在喊著，一顆頭顱刹地落在我面前。

「哇啊！走開走開走開！」我抓狂的出拳連續攻擊，那顆頭卻撞上井壁又彈回來，嚇得我連續擊打，活像個沙包。

『嗚嗚……嗚嗚……』她還哭！

「長髮公主！拉住頭髮爬上來啦！」老弟在上面喊著，「我用兩顆頭繫在一起……」

「長髮……你才是長髮公主吧！爬上去的是王子啦！」我忍著不適，最終還是咬牙拉住頭髮，腳踩著那顆頭顱，朝上爬去。

『痛……好——好痛呀！』頭顱齊聲發出尖銳的叫聲，弄得我覺得很對不起人家。

老弟在上面也似死命的拉著，終於到了伸手可及的地步時，他終於一把拉住了我。

老弟緊拉著我，他使勁到我覺得骨頭都要斷了，但我可以充分感受到他的可靠與無助，好不容易把我從枯井裡拉上來，我全身都在發抖，不由分說的緊緊抱住他。

老弟像用力過猛後的癱軟，他任我擁抱的躺在地上，我也可以感受到他跟我一樣在發抖，而且我們忍不住的哽咽，抱在一起釋放著恐懼與忿怒。

我指尖染滿血，痛得要命，電影演的都不是假的，被困於井內或棺內的人們爲恐懼發狂到抓著牆，那是連指甲都能掀掉的瘋狂，我剛剛深刻體會了……只是我後來把氣力拿去打頭顱了。

掌根抵著老弟的肩頭，我撐起身望著他，淚眼汪汪。

「謝謝……我突然覺得你好可靠喔！」

老弟有氣無力的躺著，用帶點嫌棄的臉看著我，「我一直都很可靠，姐，妳哭起來很醜，拜託不要哭！」

我只好握拳使勁朝他胸口一擊，想做活人CPR嗎？找死！

從他身上爬下來，我情緒仍舊激動未平，忿忿的抹去淚水，身上已經髒到我不想去思考了，全身痠痛，傷痕處處，鼻息間充滿著快習慣的腐臭味。

「妳在下面待多久？」弟弟坐了起來。

「一百年。」度日如年的問題就不要問了，「你怎麼知道我在這裡？」

「老姐，妳分貝這麼高很難聽不見好嗎！而且手機還亮；阿公阿嬤的目標是我們兩個，活色生香的年輕肉體。」老弟曲著膝稍事休息，我也發現到他額上在淌血，「我剛擺脫掉阿公就來找妳了，是阿嬤把妳推下去的？」

「拉下去的。」我苦大仇深的握緊雙拳，又因為指尖的疼而略鬆，「下面有一堆死人吧，反正阿嬤好像一直想上我身……原來那種冰冷灌入身體裡的感受就是啊！」

「結果好像都沒成功！」老弟挑了眉。

我眼尾瞄向坐在我右邊的男孩，老弟也正瞄著我，兩個人沒說半句話，卻心照不宣的會心一笑，再度擊掌，做著只有我們姐弟的鼓掌手勢——我們兩個才沒有那麼容易上身咧！

別的沒有，要頑強的意志力多得很。

「走！我們要速戰速決，我不想爲掃墓死在這莫名其妙的地方。」老弟一骨碌跳起，「是該弄清楚事情緣由了。」

我挑高眉，深有同感。

「是阿公阿嬤要我們來的，要用我們的身體還魂，而且殺氣騰騰……那哪會是我們的阿公阿嬤！」我們倆毫不猶豫的往小木屋方向走，「老爸絕對隱瞞了什麼！」

被限制追殺範圍的好處就是無論如何我們都能輕易回到小木屋，因爲我們就是要在這裡，跟冤親債主把事情解決乾淨，「溝通」。

不過我們一走出以爲的藤架外，卻赫然發現我們眼前不是小木屋，居然是一條鵝卵石大道！是旅館外的那條嗎？

「還敢說不會迷路？亂七八糟的……」我碎碎唸著，老弟認出了眼前右方有道門，可以去問問。

走在旅館外頭的鵝卵石大道上，遠方傳來淒厲的慘叫聲，感覺是在我們後棟那一區，可惜現在我們泥菩薩過江，沒有辦法去幫助他人了！木門近在咫尺，往裡一探，就是剛剛的服務台、就是剛剛的飯店人員。

「歡迎回來。」

「並不想。」我沒好氣的白他一眼，留意到通往木屋小徑旁的樹木斷了好幾根，在剛剛我們掙扎的片刻，是否也有別人遭遇跟我們一樣的事？

「我們可以租借東西嗎？」

「請說。」飯店人員雙眼亮了起來。

「鐵鍬，四支可以嗎？我們全家一人一支。」老弟接了口，「想幫阿公阿嬤整理墳墓。」

「沒問題，等等送去您們房間。」飯店人員堆滿笑容，這是眞心實意的笑。

「我們如果要去掃墓，能抵達嗎？」我又問了，飯店人員沒回答我，但眼神眨了下。

果然，目的是要「溝通」嘛。

誠如飯店人員所言，在飯店內似乎不會迷路，因爲我們走在小木屋小徑上，明明不像我們的房間門口，但硬是出現清楚路標。

我們回房後立即提高警覺，因爲不知道阿公阿嬤他們隨時會從哪邊出來，每一步踩在木板地發出的嘎吱聲，都會令我們戒備；我做掩護，老弟大步向前打開連通門進入客廳，叫爸媽出來。

沒幾秒就聽見老媽的腳步聲，她慌張的衝進客廳，捧著老弟的臉直喊心疼，再看見狼狽的我，下一秒衝回房間拿藥；阿公阿嬤對他們眞好，就一些擦傷。

是啊，因爲他們的目標是我跟老弟的身體。

「媽，不必啦！」我婉拒了老媽的愛，「等等還會再傷的，我跟老弟好不容易才回來的！」

老爸憔悴的走了進來，他看起來也不好，身上好些瘀青紅腫。

「老爸，那是我們的阿公阿嬤嗎？」老弟平穩的問著，但每字每句都帶著不爽，「還有，攻擊我們的如果是阿公阿嬤，那同時攻擊你們的呢？」

老媽憂心忡忡的看向老爸，淚水撲簌簌的掉，老爸低垂著頭緊皺眉心，雙手絞著衣角，半晌沒回答我，取而代之的是低泣聲。

「我對不起你們……我真的……嗚……」

老爸突然控制不了的失聲痛哭，老媽趕緊到他身邊，抱著他加以安慰；老爸就這麼窩在老媽懷裡哭得涕泗縱橫，這算預料中事，所以我跟老弟趁著短暫的和平時光，一人開了一盒POCKY來吃。

要打仗就得有體力，對方是鬼我們是人啊！

「你沒有什麼對不起我們的，這些我們不要計較了，我只在乎快點解決掉這件事。」我終究沒耐性等老爸哭完，「是我的錯！是我堅持要來掃墓的，誰知道被好兄弟鑽了空子！」

「對方有黑令旗，我覺得只是時機剛好，我們不來掃墓，他們遲早也能來找我們算帳。」老弟不以爲然，「不要怪誰的錯了，這對解決事情一點幫助都沒有，爸！不要再哭了！」

哭是最沒有用的！哭若可以讓惡靈放過我們，老娘也能哭倒萬里長城！

老媽還在那邊使眼色叫我們不要凶老爸，老爸終於吸了吸鼻子，啜泣著抬起頭，拿衣袖隨意抹去一臉的鼻涕淚水。

「我殺了人。」

「嗯……」我隨口應著，突然一愣，「什麼!?」

「他們不是你們的阿公阿嬤，是我殺掉的人。」老爸鼻子酸楚湧上，面有愧疚的看著我們，「他們是我當年因我而死的人！」

我想起入住時，後方櫃檯那個恐懼尖叫的女孩，她似乎曾間接害得某個女人跳樓自殺，所以才會被邀進來。

所以這個答案我並不意外，坐在身邊的老弟突然緊握住我的手，我略為深呼吸，調整著情緒。

「當年發生了什麼？」我難得使用如此平靜的口吻。

「當年……」老爸眼神放了遠，告訴我們二十五年前，他手上如何染上五條人命的過往。

他生長在相當偏僻的山裡，雖說現在生活富足，二十一世紀都過了五分之一，但還是有生活水準跟不上的地方，尤其是在山中，這裡自成一區，鮮少與外人接觸，而且早在近三十年前，正值科技起飛時，許多地方並沒有那麼文明。

至少他就是一個得靠勞力才能過活的人，而且只有種田或幫人家修車，都是一些粗重活，否則根本沒飯吃！

他是被家人拋棄的，在親戚家被踢來踢去，所以很早也沒學好，肚子餓就偷食物，偶爾偷錢，但因爲膽子小，也不敢做大犯罪。

不過村鎮的人久了也知道他手腳不乾淨，都會防著他，有事時警察就會特別針對他，導致他很難下手，所以開始流浪到附近的村鎮。有一天鄰近市區發生了搶案，在小地方這可是大事，而他留意到一個男人有些鬼鬼祟祟，出入都很緊張，所以他趁著沒人在時溜進對方家裡，先偷吃了一點食物，然後在床底下拿到了一個手提袋。

來不及查看就聽見外頭有聲響，他嚇得爬窗逃走，直到四下無人後打開提袋一看，裡面居然是他這輩子沒見過的整袋鈔票！

在那個年代，一口氣擁有幾萬元是相當驚人的事，但是他在那個村子待久了，知道該戶人家並非有錢人，鬼祟的男子外號大牛，因爲身強體壯，跟他父親一樣在工地工作，媽媽喜歡到處打牌，而且他爸在工地也賭博，有時欠債、有時贏錢，總之就是個賭徒家庭。

但這些錢太驚人了，要有這麼多錢，他爸媽早拿去賭了吧！哪輪得到大牛藏在床底下！他立即就聯想到信用合作社的搶案！問題是他偷到這袋錢也根本不敢花，如果他一夕之間變得大手大腳，絕對會被懷疑，搞到最後他不知道該拿那袋錢怎麼辦。想找機會擺回大牛家，結果卻先看見了凶神惡煞把他父母綁走了。

「那群人我認得，就我們那一帶黑道的皮哥跟小弟，絕對惡名昭彰，他們逼問錢的事，我就知道是我手裡那袋錢。」老爸緊握著雙拳，「我不敢出去，看著大牛跪地求饒，但皮哥還是把他爸媽綁走，給了大牛一個時限把錢交出來。」

「看來就是贓款。」弟弟深吸了一口氣，「那你……」

「我沒敢出去，要是讓對方知道是我偷了這筆錢，那就變成我沒命了！」老爸激動的說，「但我真的不想要錢，我只是需要一個時機，讓我把錢還回去，這樣什麼事都會沒有……對，什麼事都會……」

老爸說著，卻下意識不安的看向老媽。

「我懂！我懂！」老媽抓過老爸的手拍了拍，「要是我也不敢啊！」

老爸尷尬得抽著嘴角，他望著老媽的眼神中有複雜的情緒，這讓我覺得有點奇怪。

遺憾的是，上天沒有給人這麼多時間與機會，老爸完全找不到時機把錢放回去，只能跟著大牛他們來到山上的交易處，看著大牛指天立地的起誓，他的錢眞的是被偷了，拜託黑道的皮哥幫他找錢，也拼命磕頭，求他們放過他的雙親。

「那天天色很暗，風也大，眼看著就要下大雨，氛圍非常可怕……我就躲在附近偷看，我眞的很俗辣，完全不敢出聲，但也不知道該怎麼做！」老爸邊說突然惋惜的哽咽，「我眞的很爛！」

「才不是！誰都會怕啊！萬一他們殺掉你怎麼辦？」老媽永遠是挺夫第一名！

「但我還是錯了啊！皮哥他們眞的拿槍在威脅，結果突然天空出現閃電，拿槍的小弟被嚇到，槍就走火了！」老爸回憶起當年的事，開始瑟瑟顫抖。

前一秒還在比劃的槍口對準的是大牛的父親，腦漿炸裂的瞬間，大牛母親嚇得尖叫，槍聲加尖叫讓人慌亂，皮哥立刻朝母親開了下一槍……一切快得令人措手不及，連他都傻在原地不知道發生什麼事。

父母的血濺上兒子的臉，大牛轉瞬抓狂的撲上皮哥，沒有槍的他拿刀子就猛刺，天空中電閃雷鳴，大雨跟著滂沱而下，槍聲慘叫聲此起彼落，他嚇得伏低身子，等四周平靜時，才發現什麼都沒有了。

「自相殘殺……」我不由得瞇起眼，難怪那些惡靈會這麼凶，都是流氓啊！

「對，我發現時已經沒了聲音，也沒動靜了。」老爸痛苦的深吸了一口氣，「我走上前，只看到一地的屍體，滿目瘡痍……」

老人家頭部中槍，後腦杓直接炸開，當場死亡，皮哥身上被刺了數刀，小弟頭子也被割開，而大牛被一顆子彈從下顎貫穿頭頂，血濺當場……大雨沖刷著所有，血混著泥水往下流，漫過他的腳下，他站在雨裡失聲痛哭。

「都是我害的！是我偷了那袋錢，結果造成五條人命！」老爸聲淚俱下，「我什麼都不能做，只能將他們就地掩埋……我找了根木柴在那邊刨了個坑，將他們都埋進去，還找了個大石頭當他們的墓碑，拿著刀子在上頭刻上大牛的名字。」

「土坑在哪？」我緊張的問。

「錢呢？」老弟問得從容。

我們姐弟倆對視一眼，果然關心的重點不一樣。

老爸心虛的看了老弟，看來答案很明顯了，不過要是我也不會把錢埋進去，再難也不能跟錢過不去對吧。

「不過我們也沒過得多爽啊。」我認真的回憶起小時候。

「那些是特別基金，不能隨便動的，而且老爸剛不是說了，他突然有那筆錢不是會被人家發現嗎？」老弟即刻分析，「是我的話就是換個地方，不動聲色的存那筆錢，偶爾急用時拿出來花。」

老爸緩緩點著頭，看來老弟說對了。

一旁的老媽沒有太多表情，看來老媽應該也是知道那筆錢存在的。

「我一來就知道是他們了……那天晚上是六月三日，晚上八點三十分左右……」老爸難受得緊皺眉心，痛苦的深呼吸。

所以？我不解這句話的意思，隔壁的老弟拳頭擊上掌心。

「老爸他們房號是603，我們房號是832！」老弟哦了聲，「確切時間是八點三十二分啊！」

「哇！塞！」我只覺得滿滿無力感，「這～麼有巧思喔！」

難怪房號不連貫，居然還有這種暗示，要不要乾脆來玩密室逃脫算了……嗚，我們已經在其中了！

「大牛的名字叫什麼？重點是他們陳屍所在。」老弟提出要點，「好好的處理那塊亂葬墳，說不定就是我們要的溝通！」

「有用嗎？」我不以爲然，「那些是惡鬼，他們是要奪舍！」

「問題是你們老爸又沒殺他們！」老媽忿忿不平。

「這眞的不重要，那些阿飄好兄弟就是要算帳！老爸，大牛的墓還記得在哪裡嗎？你刻的啥？」

老爸突然嚥了口口水，喉頭緊窒的瞟向老媽，心虛之情溢於言表。

「老爸？」我是他女兒，那細微表情瞞不過我的火眼金睛！

老爸再度看著老媽，這次凝視著她雙眼，緊緊的握住她的手。

「我必須補償他們，大牛家單傳……因爲我害得他們家絕後是不對的。」老爸誠懇的看著老媽，眼角淚光閃閃，「所以我頂了他的名，繼承他們家的香火，帶走他們家祖宗……」

什麼!?我一時有點聽不清，老爸在說什麼？

「不會吧……」老弟永遠反應最快，「大牛就叫唐阿豐？不，他才是唐阿豐！」

老爸沉痛的點了點頭。

他是個孤兒，父母各自找了對象就把他扔給伯父了，他不受待見，常常餓肚子，所以他對那個家沒有感覺、沒有愛、也沒責任。

但是大牛家不一樣，他們斷後是他一手造成的，所以他必須扛起這個責任。「我在墳前立誓的，我要以唐阿豐的身分活下去，他家的祖先我來拜，我生的孩子就姓唐。」老爸緊張的拉著老媽，「但我不知道大牛要跟妳結婚的事，所以當妳出現在唐家時，我也沒敢跟妳說我不是他……」

老媽呆然的看著老爸，像是受到打擊說不出話一樣。

我們兩個誰也不敢吭聲，這件事太扯了！老爸根本不是唐阿豐，他說不定根本不姓唐，他是頂了那亂葬墳裡其中一具屍體的身分活下來的！

我們很早就都知道爸媽的八點檔戀愛史，老媽是被「抵」給老爸當老婆的，因爲老媽的媽媽賭博賭輸了，老爸母親就說要他們家那個最小的女兒，結果對方眞的把女兒賠過來給老爸當老婆。

但老媽說她對老爸一見鍾情，沒有什麼意見，爬過山頭親自到老爸家，表明身分，用她一個換全家平安，債務一筆勾銷也是值得。

老爸也說第一次見到老媽就很喜歡她，只是沒想到對方會當眞，原本是要趕老媽回家的，誰知道老媽死活不願意，就這樣留在老爸身邊。

結果，老媽嫁的老爸，卻不是正港的唐阿豐啊！

這事情大條了，我才二十歲，花樣年華的時代，為什麼在掃墓時撞鬼，住進鬼飯店還要被鬼追殺奪舍，現在更要承受我老爸以前是偷竊慣犯、間接害死五條人命……

然後，我還不知道我老爸到底叫什麼，因為他根本不是唐阿豐！

人生不需要這麼刺激啊！！

我走到客廳角落，要給老爸老媽一點空間，老弟趕緊跟上來，出示手機提醒我客廳使用時間快到了，這段時間如此平靜，他認為飯店給的半小時一過，那些惡鬼隨時都能再進來。

「你看起來也太淡定了，我這脆弱的靈魂承受不起這種事。」我扶額，覺得有些發冷。

「那妳就不是我老姐了，我姐哪有什麼脆弱的靈魂！」老弟故意的打量著我，「我老姐是有鑽石般意志的女人啊！」

我握緊拳頭在他鼻尖，沙鍋這麼大的拳頭有沒有看過啊，為什麼一直這麼欠揍！

「爸，時間快到了，我覺得整件事情要想要思考要吵架都以後再說，但我們要先去祭奠！」老弟回頭說著，朝我們房間去，「我想盡快離開這裡。」

「對，要吵架晚點吵！」我也趕緊跟上，回頭看著老爸，「老爸，你究竟還記不記得那座墳在哪裡？」

老爸戰戰兢兢的抬頭看著我，「死都不會忘記。」

很好。我臉部略微抽搐，回到了我們房間，老弟已經把我的背包跟雨衣都拎上了，我動作流暢的接過揹起，掃了他一眼。

「死都不會忘記，聽聽老爸說得多斬釘截鐵。」我喃喃抱怨。

「對啊，所以我們在迷路什麼勁的？根本是他不想帶我們去。」老弟忍不住扯了嘴角，「如果不是故意迷路，帶我們繞來繞去，說不定我們現在就不會在這裡了！」

我把厚重雨衣再度穿上，我覺得衣物有保護作用，省得等等又割傷，「這個等結束後再來好好跟老爸談、談。」

牆上的鐘發出滴答滴答的聲響，變得有點大聲，我的動作略微僵硬，我現在對於任何聲響都會格外敏感，衣櫃裡彷彿又傳出什麼動靜，我一馬當先衝出房間，我一點都不期待聽見衣櫃裡的碰撞聲。

走出小木屋時，門外放了兩支鐵鍬，這間飯店的服務還是不錯的。

老弟走出時，衣櫃裡的衣架再度傳來碰撞聲，他嚇得趕緊關上門，我們一人抄起一支鐵鍬就衝下階梯。沒有五秒鐘，爸媽房間傳來驚叫聲，兩個人也奪門而出，但一抹黑影更快，直接從老爸身後將他一把推下樓。

「哇啊！」走在前頭的老媽跟著被推倒，我跟老弟來不及反應，只能慶幸樓梯沒幾階，摔下來也不會多重傷。

「阿公」猙獰的從門口閃現到樓梯下，我的鐵鍬早就握在手上，毫不客氣的由後朝他凹扁的後腦杓揮過去——啪！阿公頭子轉了一百八十度向後，連手骨都能凹折的扭轉擋下我的鐵鍬。

『親愛的孫女，妳怎麼可以這樣打阿公呢？』

「省省吧，大哥。」我沒有要抽回的意思，「你是黑道大哥吧，我們都知道了，殺你的是大牛，冤有頭債有主。」

只見大哥的臉瞬間噁心的溶解，其下便是另一張未曾見過、但一樣頭顱凹裂的臉龐。

『他，不就是大牛嗎？』他指向正被攙起的老爸，說著他的名字，『唐阿豐。』

鏘，又一記鐵鍬正中皮哥後腦杓，迫使他逼而向前剛好撞上我這面鐵鍬，我趁機轉動手柄，將利口朝向大哥頸子，想把那顆搖搖欲墜的頭給切掉！

所以他身後的老弟奮力再一擊，總算切斷了他的頸子。

『不愧是阿豐的孩子！這麼狠這麼堅強！』我直接揮掉大哥的頭顱，黑色的血從他頸口泉湧而出，但他就是不閉嘴，『我喜歡！我喜歡這個身體！』

「堅強的是我的靈魂好嗎！跟身體有個屁關係！」我厭惡的掃開他的身體，「老爸老媽，鐵鍬拿著，我們掃墓去了！」

老媽恐懼的看著我，老弟已經先上去幫他們拿下來了，「逃避沒有用的，再怕也只能面對！」

我閃身到一旁，疲憊的望著老爸，接下來的路，只有他能帶著我們走了。

老爸接過鐵鍬時戰戰兢兢，手依然抖個不停，我知道他強烈的在克制恐懼，事情彷彿一下回到二十五年前，那個他早該面對的夜晚。

老媽在旁不停的流淚，但沒有哭出聲，老媽其實一直都非常堅強，我總覺得我的強韌遺傳自她，她看著老爸走往前的背影後，隨意抹了抹淚，二話不說也就接過鐵鍬跟了上去。

『我要妳的身體！我要定妳了，哈哈哈哈！』

不知道滾到哪邊去的頭顱還在笑著，我看著地上那具可能隨時都會起身的惡鬼，什麼都不想管的快步跟上老爸。

「我希望對我說那句話的是個帥哥之類的，不是個鬼。」我沒好氣的抱怨。

老弟非常不客氣的噗哧，「那我覺得妳要好好把握他們說的話，因爲妳這輩子可能聽不到了，喜歡妳的男生絕對不會饞妳的身子！」

「唐玄霖！」我掄起鐵鍬，現在是想先領死嗎？

不過輕鬆沒幾秒，要出門的老爸旋即被門口神出鬼沒的飯店人員攔下，他幾乎移形換影的擋住老爸的去路，而神色凝重只看路的老爸直接撞上！

「抱歉，離開需要登記。」飯店人員說得嚴肅。

「嗄？你開我玩笑吧？」我不爽發難，「我跟我弟剛剛逃到外面去也沒登記啊！」

「主動離去要登記。」飯店人員換句話說，就是被追殺不必就是了。

「我們只是暫離，不是CHECK OUT吧？」老弟狐疑的問，卻換得飯店人員一抹意味深長的微笑。

是啊，恩怨不解決，怎麼退房是吧？

如果我們死在這裡、或是成功被奪舍，那也能退房了啊！爛！

老媽跟老弟上前登記，飯店人員還煞有其事的眞的有本出入登記表，不過我看見有人一整格被塗紅後，我一點都不想知道其代表意義。

「我們要去掃墓，是可行的嗎？」我故意發問，「有周邊地圖嗎？一般旅館都有的。」

飯店人員略微一怔，彷彿沒人問過他這個問題似的，「地圖……」他還喃喃重複。

「是啊，怎麼出去怎麼回來。」我再追問。

「基本上……想去哪裡就能去哪裡，路是隨著你們而動的。」飯店人員緩緩的解釋著，「要回來時也一樣……只要妳能確定妳要回來。」

「他在說什麼？」老媽完全聽不懂。

「就是會到。」老弟一秒解答，我深深佩服。

老爸還是一臉悲傷凝重，點點頭握著鐵鍬，踏出了最靠近我們的那扇木門，反正老爸知道在哪裡，就一定能走到。

我的錶顯示時間是半夜兩點，這時候掃墓絕對不是好時辰，但是我不相信這裡有什麼好時間可言，能快點結束惡夢就是好時間。

走在鵝卵石路上，石子滾動磨擦聲總是不絕於耳，那我都神經緊繃的聽著，深怕有與我們步伐不同的聲音響起。

沙……刹刹，沙……刹刹，沙……刹刹刹！

喝！我跟老弟不約而同的回頭，有東西在我們身後！

可是舉目望去，身後就是寂靜黑暗的長街，什麼都沒有……才怪！

聽見了吧？我眼尾瞄向老弟，彼此心照不宣，我們都很清楚，他們來了！我橫握著鐵鍬舉在半空中，老弟則是以劍道的方式握著，但兩個人傻擺著姿勢，並沒有看到什麼。

但是……我卻沒聽見任何腳步聲了。

狐疑的正首往前看去，別說我們後面沒人，前面也沒人了！

「老爸！老媽！」我都傻了，人呢？

老弟即刻朝前衝，我伸手抓住他，要是又分開，剩我一個人怎麼辦！

「老爸！」老弟扯開了嗓子大喊，「老媽——」

『老爸！老媽——』屋頂上的鳥學著老弟的語氣發出嘎嘎的訕笑聲，『老爸——嘎嘎嘎——』

望著眼前沒有終點的長街，他們不可能說消失就消失的！

「太過分了！這招太陰險了啦！」我怒不可遏的開罵。

嘎嘎嘎——一大片烏鴉飛起，從我們上方飛過，我覺得這一定是在嘲笑我們。

我橫站在路中間，方便查看前後狀況，老弟在我面前來回走著，誰都想不到爸媽是怎麼突然走到不見的。

「他們發現我們不見會怎麼樣？」老弟比較擔心這件事，「我怕他們回頭找我們，或是……被攻擊。」

「就是故意的吧，不讓我們去掃墓嗎？」我一肚子悶氣無處發，掃墓爲什麼就這麼難？

「我覺得他們不會殺害爸媽，因爲他們不會這麼輕易放過他。」老弟沉吟著，「我想他們應該會……用一種更殘忍的方式。」

「什麼!?」這聽得我心驚膽顫。

老弟沒回答我，只是若有所指的看著我，一副戒慎恐懼的樣子，看來是怕隔牆有耳……刹刹！

喝！我右手邊地上的石子突然滾動，我嚇得回身卻措手不及，一張慘白的臉瞬間貼上我的鼻尖——穿了過去！

「姐！」

我只聽見老弟大吼的聲音，後面卻緊接著是尖叫聲。

而我卻瞬間什麼都看不見，像掉進黑暗似的，身體完全不受控制，有種像靈魂出竅的感覺！

我明明沒昏倒、沒睡死，但是卻什麼都感受不到，連意識都開始飄離……附身！有人在上我的身，試圖把我推出去！

滾！滾開！馬的這是我的身體，我沒說讓誰都不許進來！某股力量突然推著我的頭朝外擠，我下一秒覺得自己穿出了什麼東西——但是我看見了！

我的天哪！我看見自己的身體、還看見老弟躺在地上抽搐不止，他的身上壓著阿公！而眼尾看見「我」正對著我笑！

你笑得太醜了！

我反手抓住推著我的那股力量，管他什麼方式，用盡全力的衝回去——

「呀——」

不知道什麼狀況的撲倒在鵝卵石路上的我，痛得哀嚎，可是見著我雙手染血的指甲只感到欣喜若狂，我在我身體裡了！

聽見身邊的叫聲，我一骨碌跳起，回頭先見到被我彈出去的皮哥，再看見躺在地上掙扎的老弟，以及那個拼了命要往他身體裡鑽的男人。

「滾開啦！不要碰我弟！」掄起鐵鍬，我直接迎面將那男人揮出去！

這個世界有這個世界的好處，很多事都可以講物理攻擊！

「哈……咳咳咳——」老弟痛苦得側身蜷縮身子，身為姐姐的我當然一馬當先的衝向皮哥，胡亂的揮打。

『那麼俗辣的唐阿豐，爲什麼會有妳這樣的孩子？』皮哥痛苦得連連後退閃躲，他看起來眞不像個惡鬼，『我居然無法上身！』

「我爸才不是俗辣！就算是也輪不到你說！」我緊握著鐵鍬，「他當年是錯了，但是源頭是你們不該搶劫，是你們黑吃黑……奇怪了，你們幹嘛不繼續互相殘殺啊？」

我指著遠處的另外兩個男人，就是大牛和跟班小弟了吧！當初明明是互捅至死的啊！

『我們要的是活下去！』皮哥的身影漸漸變得透明，隱匿在我面前，『我們會活下去的……』

「笑死人，自己斷送別人的性命這麼乾脆，自己卻惜命得要死！」我回身趕緊探視老弟，他已經坐起來了，「而且你們死很久了！」

老弟臉色蒼白一身冷汗，他看上去非常不妙。

「你還是我弟嗎？」我拍拍他的臉，「你受傷了嗎？臉色好差啊！」

老弟氣喘吁吁的看著我，「爲什麼妳沒有不舒服？我現在全身發冷又想吐，他硬要擠進我身體的感受很噁心啊！」

「啊……是嗎？」很遺憾，我什麼都沒感受到，「我完全沒感覺，我被推出體外才有感受。」

老弟皺眉看著我，撇過去一聲長嘆，這歎息得超沒禮貌，我一聽就知道那是什麼意思…了然。

「夠了喔！他們突然可以直接上身太可怕了，要不是你姐我夠強，現在說不定身體就被奪走了。」我現在才想起來才後怕，一把握住他的上臂，「此地不宜久留，我們快點走！」

「去找老爸他們吧！」他是站了起來，但還有點踉蹌，不會吧……這也太弱？

嗄？「去哪兒找？」

「路不就是人想出來的嗎？」老弟用力做了幾個深呼吸，壓制著身子的顫抖。

啊……對厚，飯店人員剛剛才說了，想著路哪兒，路就在哪兒……「問題是我們不知道墓在哪兒啊！」

「我們是要去找老爸，不是找墓！」老弟再虛也能挑起驕傲的微笑，我都可以聽見空氣裡無聲的那句…笨蛋。

對厚！這也太聰明了，我們現在去找老爸跟老媽，自然就會走到了對吧！太厲害了啦！

「你很聰明耶！」我抓過他的左臂直接扛上肩頭，「走，老姐攙著你。」

老弟沒拒絕，但再度用嘆氣表達他的無奈。

我只是奇怪，一樣被上身，我還被侵入得比較嚴重，但我沒有絲毫的不舒服，反而想上身的惡靈卻不對勁；老弟沒被侵入卻連站都站不穩當，到現在身體還在發抖？

上身這種事跟過敏一樣嗎？還分體質的？

我們走了好一會兒都沒有再遇上攻擊，老弟氣息平順許多後便說自己能走，不知道什麼時候開始，腳下的滾石聲沒了，我才意識到已經沒有鵝卵石路了。

「嘿！又見面了！」

遠遠的在彎路角，有個身影在揮手，誇張的動作怕我們瞧不見似的；我跟老弟站在原地，完全不想理會這個世界任何一個「熱情的招呼」。

「認識的？」

「鬼才認識！」我說完自打嘴巴一下，「就是鬼。」

可偏偏眼前又是彎道，左拐與右彎，揮手的人朝我們跑來，我跟老弟即刻擺出備戰模式。

「哇哇哇這麼凶……喔喔！」男子慢了下來，打量了我們，「狀況不好啊，你們是獵物喔？」

好爛的形容詞！但是這麼近，我認出這傢伙了，「牧童啊！」

「嘿呀！」他點點頭，下一秒指向我們右邊的路，「那邊喔！」

「你怎麼知道我們要去哪裡？」老弟存疑。

「因爲你們爸媽才走過啊，應該是要在一起吧！」牧童說得自然，「還帶著鐵鍬呢！」

「咦！你看見他們了？」我喜出望外的上前揪住他的衣服，「他們沒有回頭找我們啊！」

牧童像被嚇到似的後仰身子瞪大雙眼，僵硬的眨了眨眼，「對……有遲疑過，但是妳媽媽說不要找，要先去掃墓！」

「老姐，妳不要動手比動嘴快好嗎？會嚇到人……或鬼的。」老弟一掌劈開我揪著衣領的手，「老媽果然明智，回頭找我們只怕誰都找不到，還是掃墓重要。」

「那是因爲老爸會下意識逃避。」我說實話，這才是關鍵。

旋過腳跟要往右邊那條路去時，我卻發現那裡漆黑一片，伸手不見五指，只能看見風裡的樹影搖曳，淒淒慘慘。

「他們……眞的走這條？」連老弟都不安的問了。

「眞的。」牧童斬釘截鐵，向我們簡述了剛剛發生的事。

他就站在路口，一樣的指示牌下，看著老爸低垂著頭，一臉哀傷的走在前頭，老媽跟在後面，兩人無語，只是老媽突然覺得身後太安靜了，回頭查看，卻發現孩子沒了。

老爸嚇了一跳，緊張的說要回頭走，老媽本來也跟著喊我們的名字，結果沒走兩步老媽突然拉住老爸，覺得這不對勁，一條路這麼直、中間又沒岔路，人能到哪邊去？

「她說，這一定是阻止他掃墓的陰謀，所以一定要先去處理墓地的事。」牧童覆述著老媽的話，「反正我們孩子命很硬，沒問題的！」

老弟無力的苦笑，「我眞感謝老媽對我們的信心。」

「這走過去樹下該不會又有什麼吧？」我忍不住按壓心口，「我脆弱的膽會被嚇破的。」

「嗯，」老弟用絕對敷衍的聲調回著，「謝謝你了，牧童……你，能再多幫些忙嗎？」

牧童泛出一抹笑，雙眼晶亮起來，彷彿等我們這句話很久了。

「條件談好的話，就沒有什麼不可能。」他愉悅的回應。

「這是請鬼拿藥單吧！免了。」我當場拒絕，推著老弟往前，「我們自己走，不必靠別人。」

老弟當然有遲疑，他看看我再看向牧童，留意到自己身上的光線越來越少，我們眞的往漆黑的路上前進。

「我其實覺得出外靠朋友。」他驀地旋身，制止我往前，同時越過我向後喊著，「條件是什麼？殺人被殺我們都不幹。」

老弟！我沒來得及喊停，人影瞬間到我左側。

「沒那麼複雜，我想要一個安心的地方，或是幫我放進塔裡，位置要每天可以看見人。」

嗄？我錯愕的看著他，這是哪門子的條件？

「人？」老弟顯得非常爲難，「塔可不是觀光區啊！」

「所以戶外比較好，有人煙就好，我喜歡有人聲的感覺。」牧童說得很認眞，「當然供品食物都要。」

「就這樣？」老弟偷瞄我，說話啊！

「你是鬼吧？你條件未免少得太詭異了，我眞不信你。」我不客氣的向右橫跨一步，遠離那傢伙。

「我沒有墓啊，這對我來說非常重要，不然爲什麼我只在外面晃，我連進杏花村都不行！因爲我是亂葬崗的孤魂野鬼啊！」牧童一臉理所當然，「我就要個身分要個居所，天曉得我連墓碑都沒有，自然也沒有人祭祀，在這裡就是沒身分的三級貧戶。」

所以，他只要個身分，其他都是多加的。

「鬼的話，能起作用嗎？有信用可言嗎？」老弟挑了挑眉，「我跟我姐正在被惡鬼襲擊，他們要上我們的身，我們沒有辦法……」

說時遲那時快，牧童徒手伸入自己體內，活生生的把心臟給挖了出來，我嚇得倒抽口涼氣都僵住了，下一秒那顆心化成了一個盒子。

「給妳。」他把盒子塞到我面前，「這是諾言，我違背的話，我的靈魂就不完整了。」

我看著他血淋淋的手捧著鮮血四濺的盒子，我爲什麼要接這種東西啊！老弟見我不動，他倒比我有興趣，上前就要抓過，可是牧童卻一秒收起。

「喂！」老弟不爽反詰。

「我想給女生保管。」他露出一臉俏皮樣，「把心交給女生比較好。」

「媽呀！」我全身發顫得起雞皮疙瘩，「太噁了啦！閉嘴！」

我一把抓過，幸好到我手上是乾爽的，想半天只能把那盒子塞進外套的內袋裡，口袋有拉鍊，可以好好的裝著。

我撥掉全身的雞皮疙瘩，這是什麼緣分啊，都是一堆阿飄在跟我告白？我比較喜歡活人，ＯＫ？

「走！妳父母眞的往前走了。」牧童輕快的一馬當先，沒入了黑暗當中。

是說……我拉了拉老弟，我們跟牧童談成了什麼啊？我們答應了條件，可他什麼都沒答應我們啊！燈光此時全數暗去，我跟老弟回頭想張望，卻發現剛剛那條路或是旅館都已經消失，我們倆沒有多想多議，只是緊緊拉著彼此。

周邊寂靜無聲，一旁的樹影晃動，眼睛一時尚未適應黑暗，舉目所及好像都有什麼東西藏在樹影裡似的。

所幸，牧童的身影清晰的走在我們前方，我突然爲一隻鬼陪著我們感到安心？天哪！

「啊啊啊——」左手邊突然竄出一抹影子，伴隨著淒楚的哭喊聲，「幫我！幫幫我！」

隱約看得出是個人，女人的聲音，她伸長手朝我們呼救似的。

「別理她。」牧童回頭交代。

我的眼睛已經漸漸適應黑暗，可以看見那是個殘破的女人上半身，下半身彷彿種在土裡，伸長出拼命攫抓，想要離開土裡。

淒寒的月光再度灑下，前方的視線開闊，我們走出那狹窄的黑徑後，再度來到了荒山野嶺，一如今天我們出發時的景象，滿山頭散落的舊時墳墓，山坡一層接一層，各種墓地應有盡有，甚至還有崩毀的墳地，棺木都已破損的卡在泥濘堆裡。

「什麼都不要多插手，只要管你們自己的事就好了。」牧童緩下腳步等我們上前，「快接近妳父母了，你們的意念必須再強一點，專注些。」

「想著快點接近我爸媽嗎？」老弟深呼吸，剛剛誰有想啊？

我們走在那漆黑林裡戰戰兢兢，多怕突然有東西從上面掉下來！

牧童突然走到我們身後去，不知道是不是守衛？我們小心的不踩到任何人的墓，盡可能從中間的路走，偶爾會見到一些墳丘在抖動，裡面彷彿有人正在扒著墳頭，想要爬出來似的。

路上沒有任何狗吹狗擂的聲音，更可怕的是笑聲，還有不時傳來那歇斯底里的尖叫聲，鬼哭神號。

『嘻嘻……嘻……』

『啊呀——呀——』

慘叫聲悽厲得彷彿要劃破人的耳膜，我總會緊張的停下腳步張望，但卻找不到來源。

「……啊！爸！媽！」眼尖的老弟突然大喊出聲，「老爸！老媽！下面！」

我只顧著看前方，老弟居然看到了上頭去了，老爸瞬間停下，在上頭朝下望，也突然鬆了神。

「你們沒事吧？我緊張的！」老媽心急的喊。

「沒事！」老弟大聲回應，我們三步併作兩步的朝前衝去、再往右折個彎跑上坡。

好不容易會合，他們兩個看起來沒什麼事，老媽打量我跟老弟，老爸只是微笑著站在一旁。

「牧童，我們剛剛請來幫忙的……鬼。」我趕緊介紹直接從下方跳上來的牧童，嚇得老媽不安。

「好兄弟？」老媽聞言與老爸同時後退。

「他說會幫我們忙啦，剛剛我們找不到你們，不得已的。」老弟回頭張望，又是一樣的眾多墳頭，「快到了嗎？老爸？這裡每一片我覺得都長得一樣啊！」

老爸深吸一口氣，指向了三點鐘方向，「就要到了，那片林子……在啊！」

林子？我朝遠處看去，的確在這一片黃土墳區，唯有兩點鐘方向處，有些綠意，那是一整區的樹林嗎？

「這裡也會有樹林？」老弟覺得奇怪，「不是應該能用的土地都用了嗎？」

「有時候會有啦！」老媽拿鐵鍬當拐杖凸上地，「畢竟這裡都是土嘛。」

話是這樣說啦，但誰看過這種滿山頭的墳墓區還能有樹林的？整個很詭異啊，而且老爸當年是把他們埋在……林子裡？

老爸又開始遲疑，老弟看出他的逃避，二話不說拉著他往林子的方向走，老媽才想阻止，卻被我拉過，拜託現在不是猶豫的時機好嗎！

「我不幫忙打架喔。」牧童到我身旁低語，「我不能干涉你們的恩怨。」

「我沒跟任何……好兄弟有恩怨，是他們找我麻煩，這裡沒警察可以管一下嗎？」

「他們有許可啊，許可沒那麼好申請，絕對有仇有債。」牧童看向老爸，「能拿到黑令旗就表示你跟他們的死絕對正相關。」

「那就來找我啊，找我孩子，找我老婆幹什麼!?」老爸驀地咆哮，嚇得所有人一跳。

「因爲就一家人啊，這沒辦法，成家的代價！誰會這麼清楚的分你我啦，當年不是也有個被殺全家？」牧童聳了聳肩，這日常吧？

老媽趕緊安撫老爸，他又氣又後悔的一邊低咒著，老弟笑了起來，連聲說一向寡言老爸，剛剛眞是帥呆了！

「反正我們註定牽扯不清，但這樣很不公平……他們是惡鬼可以奪舍，我們只是人……」老弟相當苦惱，「我們又什麼都沒有，勉強只有土地公請的沒啥用護身符。」

「人與鬼本來就不一樣，要怨就怨上一代的糾葛吧！」牧童往後看著，他神情逐漸緊繃，「話說回來，你們要怎麼溝通？」

「掃墓。」我回得迅速，「誠心掃墓兼道歉，好好的為他們製作墓碑。」

「得挖出來。」老弟幽幽的回應，「一具具給他們找個地方。」

我打了個哆嗦，這比開棺驗屍還可怕，我不知道老爸當初掩埋的地方是哪裡，但據他所說是沒有棺木的，五個人就這麼扔進坑裡掩埋，事隔幾十年，誰知道那些屍體現在成怎樣了？

牧童沒接話，我瞥向他，「有用嗎？」

他望著我，沒說話但眼神透露一抹深意，似乎間接給了我答案，老弟瞬間明白這幾秒的沉默，惴惴不安。

「那能怎麼辦？不給溝通嗎？道歉祭祀燒紙錢……是啊，他們要的是報復、要重生，但我跟姐都不可能讓他們得逞，所以要在這裡耗一輩子嗎？」老弟想得頭都炸了。

「你們不會贏的，你們能活多久？食物沒了怎麼辦？你以爲供品源源不絕？現在是清明，所以才有這麼多食物好嗎！清明後呢？各家吃各家。」牧童理性分析，「按照你們全家都在這裡的狀態——好一點的話就是親人認爲你們死了，會做個法事，至少有名有份被供養。」

「我呸！誰跟你覺得我們死了！」我才不要死在這裡咧！

前方的老爸老媽停下了，我們趕緊追上前看，才發現當年那片地哪是什麼樹林啦，那就是一堆雜草跟野生的各種樹木，生長在一處凹地，那片凹地距離地面有一層樓高，所以沒有任何墳墓在這兒，因爲太低窪了。

看看現在，根本水塘啊！

「靠！泡水屍嗎？」老弟打了個寒顫。

「往好處想叫已加速分解，說不定已經可以撿骨了。」我只能這樣安慰，問題是——「但要怎麼下去啊？」

我可沒穿雨鞋，要我踩進那灘不知道混了什麼的水塘裡，我死也不要！

老弟小心繞著旁邊張望，試圖找可以下去的地方，但裡面的植物「養分充足」，所以每一棵都長得相當巨大茂密；我幾次看向牧童想要一個答案，但是他永遠都是朝著我聳肩微笑。

要這傢伙有屁用啦！

「這裡的墳好像不太一樣。」老弟經過別人家時多看了幾眼，「像少了什麼……」

「啊！沒有土地公啦！」老媽火眼金睛，一眼就認出來。

對啊！所有的墳墓旁都沒有那尊小小的、固定會有的土地公，所以這裡果然不是人界啊！

「土地公不能在這裡出現嗎？」所以才會是鬼的世界，「我還以爲一般那些只是裝飾品，或是約定俗成的東西。」

「沒有什麼是多餘的喔！」牧童笑了笑，「神再小，祂老人家還是土地公喔！」

「是，對不起！」我連忙致歉。

「好了，總是要開始！我來！」老爸突然又一聲大喝，握緊鐵鍬就要往裡頭跳！

老——我還沒喊，老媽即拽著老爸往後扯！

「你急什麼！你怎麼知道下面多深？裡面會不會有什麼東西？」老媽不爽唸著，「做事衝動沒有用的啦！」

老弟跟著投了一顆石頭下去，說眞的完全沒有幫助，天曉得有多深？拿鐵鍬去測都觸不著地，這下方完全是個謎啊！

「早知道借挖土機！」我蹲踞在土邊，喃喃的唸著。

『借什麼都沒有用的！』

聲音突然從我面前傳來，但是我面前是那片凹地啊！我嚇得連連後退，而窪地裡的植物開始晃動，幾棵樹甚至左右分開，老弟趕緊跑到老媽身旁將兩老向後拉，我慌亂的朝左望去時，牧童已經不見了！

俗辣啦！

窪地裡的水劇烈波動，離我們最近的兩棵果樹被強硬分開後，一隻滿佈泥濘的手出現，剝開水草、爬上土壁，最終攀上了我們眼前的土邊。

皮哥、大牛、小弟，三個人依序爬上，渾身滴落的泥巴很快的消失，然後漸漸恢復成他們原本的模樣，不再僞裝成阿公阿嬤。

大牛人如其名，高大勇健，只是頭頂迸裂的模樣實在很難看，身上幾個窟窿彈孔也能透光；小弟就是個超瘦的傢伙，頭部好幾道切痕，身上也有許多戳刺；而中間的皮哥就是一臉猙獰凶狠，面相就訴說一切，他身上刀傷處處，最可怕的是只剩一層皮跟薄肌肉黏著的頸子，頸椎骨根本是全斷。

我只有一股反胃湧上，又想起剛剛被上身的可怕經歷。

「你你……你有事衝我來！不要找我孩子！」老爸用虛弱的聲音喊著，腳抖到硬是踏不出任何一步，「當年都都都是我的錯，是我不該偷偷你的錢！」

大牛看著老爸，奇妙的是我居然沒感到殺氣。

『那單我搶得心驚膽顫，我只想快點脫手……』大牛幽幽的說著，『但你眞的害慘我了！害得我……落到這個境地！』

『那是我們的錢，就一筆小錢，讓我葬生在這裡……』皮哥回頭看著那窪地，咬牙搖頭，『這幾十年來你知道我們是怎麼過的嗎？』

「啊不就都死了，能怎麼過！」老媽突地回應，嚇得我跟老弟都傻了。

老媽啊！這樣的回答是對的嗎？

『我們的大好人生都被你毀了！我們要你還我們的人生！』小弟一邊說，血一邊從頸子的傷口流出，看起來怪辛苦的。

「都死了還什麼？談超渡、談身分比較要緊吧！」老弟愼重的略往前，「我們重新爲各位整理墓，撿骨祭祀，做法事超渡，讓你們不是亂葬的身分，好好的按規矩看是要投胎還是要幹嘛，不是比較實際嗎？」

皮哥看向老弟，又回頭瞥了窪地一眼，『你們把事情想得太容易了！我們的目標是離開這裡、活下去！』

他沒有遲疑的朝我衝過來。

又來！我舉起鐵鍬想擋，但是人家是鬼啊，直接一把揪住我，就把我拋了出去……幹！我眞的是被丟出去的！

而且是向窪地的方向！

「姐！」老弟的聲音帶著恐懼，他知道我下一秒要跌進哪裡了！

我撞上了野生香蕉樹，因爲我看見了綠油油的果實，身子毫無支撐的下滑，但不管我能抓到什麼，我都往那看不見的黑色水裡去！

噗通！再多的髒話都無法表達我現在的內心，再厚的雨衣也擋不住這冰冷刺骨的水，我還是泡進了這埋有五具屍體的泥潭裡！

我整個人是沉進去的，幹！水灌進嘴裡，我眞的理解大人慌張時會手足無措的感覺，但現在泡在這裡面才更加令我抓狂！我握住沒鬆過手的鐵鍬撐住地面，唰地從池裡站了起來。

「啊啊啊啊啊——」下一秒我不顧一切的放聲大叫，再大聲也無法遮掩我的歇斯底里！

我滿嘴滿鼻腔裡都是泥水，嗆得我咳嗽，又噁心得我反胃，胡亂抹去遮住視線的泥巴，這味道眞的很臭！

「恩羽！」老媽在上面緊張的喊著，然後我看見另一個人也被扔進來了！不行！我邁開步伐朝前，這種罪我一個人受就可以了！我張開雙臂，穩當的接住被丟下來的老弟，就踉蹌個幾步，腳軟跪地撐住，但沒有再泡進去就什麼都好說！

「……老姐，老姐英明神武！」意識到被我抱住的老弟一開口就是奉承，「我的天哪！妳居然連我都能接住！」

這能叫接嗎？我腳泡在水裡，他是背貼著我，坐在我曲起的大腿上的……好啦，勉強及格。

「給我站好。」我推他起身，又一陣乾嘔。

老弟一站穩即刻回頭探視我，我知道他也在強忍著不適，鐵鍬朝土裡刺看看來讓我們挖比較實在了。

「我這就下去！你們撐著！」老爸吼著，他伸出腳，質疑的要從哪邊滑下來。

「爸你不要動了，太危險了！」老弟連忙阻止，「老媽妳也是，這裡很滑，挖屍體的事我們來……小心！」

還在土的我聽見警告回身，只見到老爸被大牛直接朝後抓走，老媽擎起鐵鍬連打都沒打到，就被皮哥打到後面去。

「你給我小心一點喔，敢打我爸媽！」士可忍孰不可忍，我指著他狂罵，「等我把你屍體挖出來，看我怎麼料理你！」

大哥幽幽的看著我們，眼神居然流露一絲悲傷，『我覺得，你們應該先自保吧……』

什麼……水裡的我們聽不懂他在說什麼，可是腳下水流開始形成一道漩渦，我跟老弟幾乎同時護著彼此，想退後腳跟卻一腳陷入爛泥裡。

「不會吧……」老弟像是想到什麼，驚恐的朝上方看著。

亡者都站在上頭，沒有人要趁著我們的狼狽與頹勢攻擊，而是帶著恐懼……

的看著我們？

恐懼什麼？

「哇！」突然有東西抓住我的小腿，我嚇得一鐵鍬往下胡亂刺。

但是另一隻手更快的摸上來，而且是巴住我雨衣裡的腿！我再用鐵鍬亂戳，揭起雨衣對那雙手又揮又打又斬！

「啊！什麼啊！」老弟也跳了起來，一把將雨衣往上撩，卻被水裡竄出的手更快的扯下來！「啊！」

他被拉下身子，我想救他都沒辦法，真的自身難保啊！

水裡終於浮出了枯瘦的臉，抓著我們往上攀。

『我的乖孫女啊……』這聲音是老人家的聲音，『這麼有活力啊！』

『這個是我的……乖孫囉？』拉著老弟起身的，是個瘦高的長者，阿公？

我都愣住了，僵硬的看著泥水從乾瘦的臉上退去，又是一個阿嬤？阿嬤？我不解的看著仍想設法下來的老爸老媽，說好的阿公阿嬤嗎？

「啊……」爬過來的老爸瞠目結舌，「這這是大牛的爸……爸爸媽媽！」

上頭正港的大牛唐阿豐沒說話，僅眉頭深鎖，鎖著的都是悲傷。

「放開我啊……不要亂認親戚！」我忍著噁心，抓住那雙往手上箝的手，「你們不是我阿公阿嬤！」

『唐阿豐的孩子不是嗎？』老阿嬤咧開了嘴，『眞好！』

「不……不是！」老弟扭動著身子，但阿公身子很軟，也沒使勁跟他尬，就是順著他的扭動擺動，硬黏在他身上，「老阿公，你認錯人了！你的兒子……你沒孫子啊！」

『你們就是啊，有個像樣的頂我們家的香火，有什麼不好？』阿公邊說，一邊斜眼睨著上頭的大牛，『那種沒用的傢伙，眞不配做我們兒子。』

『是啊，禮我們都有收到，眞好！眞好！』阿嬤的臉逐漸清晰，一如老爸所言，她左眼一個窟窿，是被子彈近距離打穿的。

「不是……我老爸是愧疚所以頂替你們兒子的身分，但他並不是眞正的唐阿豐啊！」我苦口婆心的解釋道。

『無所謂，那種連點錢都沒辦法弄來的廢物我們不需要！』阿公是右下顴骨全炸開，看來便是小弟失手打的第一槍，『來，幫阿公一點忙。』

阿嬤也撫上我的臉……『妳也再幫阿嬤一個忙吧！』

「可以不要嗎？」我嚇得直打哆嗦，扭頭拒絕，「妳離我遠一點，妳才不是我阿嬤——啊！」

幾乎只是在瞬間，阿嬤咧開得意的嘴伸手鑽進我的頭裡，下一秒我就被扔出來了！

對。

我的靈魂被扔出來了！我被拋得又高又遠，滾落地時是直接穿進了不知道誰家的墳頭，栽進土裡，還看見了一具躺在棺木裡的白骨。

身後突然有人抓住了我，一把把我拖出來，這整個過程裡我除了腦袋一片空白外，什麼都無法做。

「喂，還行嗎？」牧童不客氣的直接在我臉上來回搧巴掌。

「幹嘛啦！」我氣得出手制止。

「咦，妳恢復得很快嘛！」牧童笑得很開心，「一般人反應沒這麼快啊……看看妳弟。」

老弟？我嚇得跳起，當然得攙著牧童，因爲我連站都站不穩，像沒有體重似的輕飄飄！老弟在左手邊五公尺處，諷刺的是正把他拉起來的，居然是皮哥跟他小弟。

正首望去，爸跟老媽還趴在那兒，激動的朝下方喊著我們的名字，掙扎的要下去。

「還好嗎？」老媽拉著老爸，好讓他能滑下窪地。

「老爸馬上來！你們都站好！」

我被……奪舍了？我沒有被上身，我直接被扔出來了！

「可以這樣的嗎？那具身體裡——」我急忙的想往前，牧童穩穩地拉住我。

「放開！」

「妳現在還沒適應，不小心會衝過頭的！」牧童扶著我往前，「你們的身體，已經被那個阿公阿嬤佔掉了。」

「他們不是我阿公阿嬤！」我咬牙切齒的說著。

來到土邊，看著老爸正抱著老媽下去，他們打算涉水過去「我跟老弟」身邊，而「我們」就站在那裡，用欣喜若狂的神情欣賞著自己的……我身體！那是我的身體！

「姐……老姐！」老弟是被皮哥扛過來的，「事情不對啊！我們的靈魂不在我們的身體裡，這是可以的嗎？」

「那具身體裡有靈魂就可以了……」皮哥幽幽的說，「大牛的父母太可怕了，我們被殺後，才知道他們多邪惡，這幾十年來我們生不如死！」

哇喔，聽著這哭腔，我都想同情他們了。

「我們就像他們的奴隸，他們一死就轉成惡靈了，我們完全抵抗不了，連做鬼都沒被放過！」小弟哇哇大哭，「我們每年都去申請許可領黑令旗，就等你們出現，從要奪走你們爸媽的身體開始，直到你們……因爲他們就沒來這裡過吧！」

「我是我老爸也不會想來，這是人之常情，誰埋五個人還會想來掃墓啊！」老弟說到這裡，終於忍不住的看向我，「老姐！」

「好啦！都是我啦！可以回家再算嗎？我哪會知道老爸以前偷過人家的錢？知道他目送黑吃黑？還知道他埋過人？」我不爽的劈哩啪啦，「我就只是想來掃墓，我想知道阿公阿嬤是誰！」

「他們，是最垃圾惡毒的父母，逼得我只能配合大哥去搶劫，然後……」大牛終於回首面無表情的指向下方，「現在奪去了你們兩個年輕肉體，正得意呢。」

我緊握雙拳，朝著下方大喊，「爸——媽！」

「他們聽不見的，你們還不是鬼，只是靈體。」牧童語重心長，「現在他們眼裡只看得見孩子的身體。」

老弟一亮，「我們還沒死？」

「過七天就會死了。」皮哥補刀，「那對男女不好不容易得到身體，不會這麼容易讓出來的！」

「這麼容易嗎？他們是鬼耶，可以這麼輕易佔據我們的身體？使用？」我怒不可遏。

牧童突然笑了，「當然可以，他們現在在你們身體裡，就是半人半鬼，但既然好不容易得到了身體，就不會輕易離開，希望漸漸跟身體融合，藉此重生。」

「融個屁。」我才不信這套，「如果鬼能那麼容易上身奪舍的話，那一堆鬼都這樣做就好了啊！我就不信不會出事。」

牧童很愉快的點點頭，「就是啊，一般都撐不久……」

「但是我爸媽很強大的，說不定……他們夠邪，就能一直附著呢？」大牛戰戰兢兢的說著，言語間都是對父母的恐懼。

「應該不行吧，我剛試圖上身就全身痛得要死了。」皮哥誠實的說出他剛剛試圖附上我身體的感受，「根本無法相融。」

原來，他剛剛那麼痛苦是這個原因啊。

老弟在旁一直練習以靈魂的姿態行動，下頭的老爸居然已經吃力的來到「老弟」的身體面前，緊張查探他的狀況，老媽的腳陷在泥濘裡難以行走，伸長手想要那個「我」拉她一把，「我」無動於衷，只是呆呆的站著。

「妳是怎樣啦！」老媽好不容易到了「我」面前，「叫妳拉我一下又不拉！是怎樣，剛剛那個呢？」

我或老弟的身體都沒有什麼大動作，但是臉部表情相當扭曲，不知道是否如皮哥說的痛苦，或是他們也不能適應我們的身體。

「他們……已經不見了啦。」聽到我自己在說話，我真的是一肚子火。

「我好難動，走一步都……」老弟也在說，但口吻完全不像他的日常說話方式。

「看一堆電影跟電視，上身時原本的我們應該要在身體裡吧？我們這樣死得也快，身體裡住個鬼也撐不了太久。」老弟凝視著下方的一家人，「我只是沒想到還真的是『阿公阿嬤』在搞鬼……」

就算不是親生的阿公阿嬤，但老爸頂了人家兒子的身分，拜了人家的祖先，某方面而言他們真的算我們的阿公阿嬤了。

瞥了眼正港的唐阿豐，當年的事我們不明白，但是老爸的確有錯在先，所以我朝向他道歉。

「我知道沒什麼用，但我還是代替老爸跟你道歉，他偷錢真的不對，也不知道最後會變成這樣的。」我深深一鞠躬，「有什麼要求，我回去後會盡量補償。」

大牛殘缺的身子微顫，皮哥也只是遠望，小弟不停抹著淚，血與淚都和在一起，他們當年真的死得很慘。

「事情沒有這麼簡單，不全是妳老爸的錯，反正……他頂我的名活下去，我也算感激他，總之至少我們家有後。」大牛心情複雜的看向我們，「我們每個人造成這樣的結果，我沒有什麼怨啦，我就是……想好好離開這裡。」

「我也不求其他，我再恨也被這幾十年的禁錮磨掉了，我就是有個位子、有個名字、離開這裡。」皮哥嚴肅的表示，「至少一場法會，然後牽我離開這裡。」

「我跟著大哥！」小弟拼命點頭，碎掉的腦殼跟著飛舞。

「跟著我幹嘛！我們就算不投胎，也該獨立了！」大哥低叱，「都先離開這裡再說吧！」

「沒問題，我說到做到。」幽幽轉向左邊，泥塘裡的老爸老媽，正努力牽著不會行走的我們兩個試圖離開這裡。

「現在他們是見不著我們嗎？」老弟狐疑的問，「還是不在乎？」

牧童比了個二，看來是後者了，在這個世界中，那有瞧不見靈體的是吧！

「你們只要意念夠強，也能讓父母看見你們的。」大牛補充。

「他們以為奪走身體就贏了啊！」我勾起微笑，挽起袖子，靈魂很妙，被彈出體外的我還是穿著原本厚重的雨衣，只是雨衣沒有重量。

跟大牛他們一樣，穿著當年死亡時的衣服，帶著致命的傷，只是看著他們面目全非的慘狀，我好奇的是，老爸說他們是互捅互槍的黑吃黑，但為什麼……頭顱變形？頭骨斬斷？

這不像一時走火的情況啊？槍窟窿跟刀傷都是正常，但其他實在有點……誰在互相捅刀時還有時間打扁頭顱或用斷頭錐骨的？

「老姐，準備好了嗎？」老弟高傲的抬起頭，走到土邊，睥睨著下方。

「我本意是要來掃墓致敬的，我會做得很徹底。」我試圖折手指，結果靈魂發不出喀喀聲響。

三個亡靈狐疑的看著我們，我伸長手與老弟相握，然後直接跳了下去！

「啊！」假的我發出尖叫聲，看著突然跳下的我們，我跟老弟費了幾秒才站穩，幸好我們牽著彼此。

老媽跟老爸當場愣在原地，我知道他們看見我們了！然後又疑惑回頭望向手上緊握著的孩子們。

「老爸，阿公阿嬤上我們的身了啦！」老弟從容解釋，「他們是正港唐阿豐的爸媽，你應該還記得，當年第一個被槍掉的。」

老爸驚恐的回首，假的老弟還在那邊，「他們是鬼！鬼變成我的樣子！」

我都還沒說話，老媽卻緊緊拉過假的那個我，擋在她身前，「你們這些妖魔鬼怪，休想碰我小孩！」

假的我在老媽身後揚起勝利的笑容，還假裝無助的喊聲「媽」！

「媽你個頭！我媽是可以讓妳隨便叫的嗎？」我輕易的從老爸跟老媽中間經過，直接上前抓住那個我。

老弟也沒閒著，一邊叫老爸閃邊，同時跳撲到他自己身上。

「媽！救我！」假的我趕緊呼救，手腳不協調的「我」連替自己防禦都有困難。

都這樣了，還妄想當「人」？

「有沒有腦子啊？現在我是靈體妳是人，誰能比較厲害？」我有樣學樣，也想擠進我身體裡，換我把這傢伙擠出來！

結果這比想像的難多了，我才意圖鑽進去，那個阿嬤即刻擋住我，彷彿有一股銅牆鐵壁攔下我似的，而且正如黑道大哥說的，會有非常不適的感覺……這太不公平了吧？這是我身體耶！

「唐恩羽！」一旁老媽激動的喊著我的名字，我才重新抬頭，就看見她扯下我掛在背包上的護身符。

不會吧！那個東西有用的話，我們就不會傷成這樣了啊！

「老姐！」身後老弟突然大喊，緊接著是落水聲，我嚇得回頭，就見他的身體居然朝後躺進了水塘裡！

不會吧！我趕緊正首要阻止我的身體如法炮製，但是那個阿嬤眞的使盡全力抽開老媽抓著的手，也仰躺著進了水裡！

不要臉！我不顧一切的鑽進水裡，那是我們的身體，今天如果他們刻意溺死了，死掉的就會是我們吧！

水裡的混濁完全對靈魂不妨礙，這是我對靈體的讚許之處，但是我一進入水下，阿嬤的靈體就有一半從我身體裡竄出，迎面便掐住我的頸子。

『就算失敗我也還是個鬼，妳呢？』阿嬤一扭手腕就將我往水底壓，『妳就在這裡腐爛吧！』

啊……水灌進鼻子裡，身爲靈體的我都感受到痛苦，我的身體如果就此死去了，我就會留在這裡，成爲這裡的孤魂野鬼嗎？

我才不要！

右邊衝來一記勾拳，硬生生將阿嬤打偏，迫使她鬆手一秒，就這一秒空隙我就被拉起，朝軀體那邊推去。

是老弟。

「至少活一個。」老弟堅定的說著，捨下自己軀體，硬擋下阿嬤。

我來不及感動，先回到我的身體裡，但這裡面還有黑暗阿嬤的力量，惡靈就是與眾不同，我們這種生靈到底能怎麼拼啊，我擠一寸被她逼退三寸，而且我連怎麼全數奪回身體的方式都不知道。

接著，就看見老弟在我面前，活生生被扯斷了右手！

不——我激動的要離開身體去救老弟，有沒有誰可以教教我，靈體受傷的話，實體會怎麼樣啊啊啊！

只是我還沒離開，一股力量猛然將我的軀體拉離水中，我嚇得緊巴住軀體不放，阿嬤也沒鬆懈，一把抓住我就要將我往外再扔走。

但是，下一秒金燦燦的煙火在我身體裡爆炸，衝擊力沒把我震飛，而是把阿嬤震出去，而這股震盪卻讓我向下滑回身體裡，彷彿有股吸力似的，緊接著我感受到口腔、肺部灌滿惡臭的水，我嗆到拼命咳嗽。

「爸爸，把護身符往阿弟仔嘴裡塞！」隱隱約約的，我聽見老媽的吼聲，

「他們被附身了！快點啦！」

「咳咳……咳咳咳！」我嗆到快往生，水彷彿灌進了腦門，而且我的嘴裡都是泥沙，逼得我拼命的嘔吐。

我聽見後方的兵荒馬亂，但眞的無暇顧及，直到我聽見老弟咳嗽聲響起，我才意識到他也回來了。

「啊好好的土地公不戴，綁背包幹什麼？裝飾喔！」我還分不清天南地北，身子就被猛然一拽，老媽鐵沙掌朝我胸前猛拍，「戴好啦！就妳不戴好！」

我眞的吐了淅瀝嘩啦，老媽倒是乾脆的把護身符再在同一池水隨便洗一洗，被老媽粗魯的扯來拽去拉頭髮的，終於把護身符戴上了。

「老姐，喝水！」老弟跟著過來，不客氣的揪著我頭髮逼我仰頭，就口直接灌入水，「漱個口清理一下……咳！」

我任人擺佈只能照做，咳得眼淚鼻涕齊飛，好不容易穩定下來，看清眼前的一切，我眞的覺得去掉半條命了。

「之前就沒……效啊！」我發抖的手拿起那個護身符。

「哪有沒效的啦，那廟裡求的捏！」老媽巴了我一下頭，「心誠才會靈！」

這跟誠不誠哪有關係，我們剛剛還不是被嚇得半死？

不過定神一想，好像是我把護身符挪到背包後，皮哥他們才開始能上身的？靠夭！真的有效嗎？我不由得朝上方看向牧童，他剛說的，什麼東西都一定有效，所以這裡周邊所有的墳頭，都沒有土地公。

「對不起。」我誠心立即認錯，「不過媽妳反應好快喔！我剛超怕……妳拿護身符攻擊我！」

「啊很好認啦！妳講話才沒那麼幼秀，而且都叫我老媽，哪有叫媽的！」老媽一副怎麼瞞得過她的樣子。

「所以現在是怎樣？都沒事了嗎？」老爸永遠慢半拍，不意外，「剛剛亂七八糟的，是要嚇死我嗎？」

「就……」老弟說一個字後，選擇拍拍老爸的肩，「沒事，沒事！」

懶得說太多，就這樣吧。

「掃墓！立刻！」我抓起護身符就往嘴裡咬，老弟如法炮製，這種方式絕對比戴在身上更有效，因爲阿公阿嬤再想上身，我們身體裡卻有土地公哩，來啊！

「蝦米？」老爸錯愕非常！「現在？啊……我看看哪裡……」

「不必看哪裡了，就這裡啦！」老媽果決多了，指向水塘邊的泥地，「香插在那邊，先來拜啦！」

老弟朝上頭看去，牧童指著皮哥他們，三個男人激動緊張的都要跪下了，大牛不時還朝四周張望，深怕剛剛被震開的父母再度回來。

「上香……立碑！」老弟抓著我喊，「老姐，先立碑，一人一個墓！」

他們需要自己的墓自己的名。

「牧童！」我立即喊向他，喉頭裡還都是沙，馬的超噁！「我沒力氣上去了！你幫我找石頭下來！」

餘音未落，一堆石頭朝我們飛來，我嚇得節節後退，看著石頭從我面前咚咚掉入水中。

「這叫謀殺吧？」老弟抱怨著，但趕緊伸手朝裡撈。

石頭並不像正式墓碑這麼大，但也不小，至少可以讓我們在上頭刻名字……刻？我又不是專業的，怎麼刻啊？

「我刻完都什麼時候了？」我瞪圓眼看著老弟，「你有帶工具嗎？」

「誰隨身帶那個東西？用寫的吧？」老弟反應還是快，再朝上求助，「石頭可以在石頭上寫出名字啊……喂喂，不要再丟水裡了，幫我們找石片。」

牧童點點頭，但才要旋身，即刻朝遠方望去，他緊繃的神情告訴我們，不簡單的阿公阿嬤可能隨時會回來。

土地公都解決不掉，眞夠厲害的。

我跟老弟在挑石頭，老爸涉水跑去老媽身邊，跟我們要了背包裡的拜拜用品，眞的在水邊無水的濕軟泥地上擱上芭焦葉，放上水果跟供品，還煞有其事的挖了個圓槽當香爐，準備用來插香。

「來拜拜！」老媽點燃香，吆喝著我們。

「就還沒立好碑啊！」我叼唸著，「現在拜什麼？先等等啦！」

我跟老弟是心急如焚，不過老媽也拗不過我們，但自己還是點了香，跟老爸應該是在拜神明保祐吧，誠心的請神明保佑我們。

拜完後，老爸還眞的把香插進他剛剛弄好的香爐範圍內。

在我跟老弟手抱一顆石頭，拿著剛接到的石片正準備要寫名字，四周突然傳出了熟悉的經文聲，在窪地的水塘裡還發出回音。

幾秒後，此方圓數里充滿鬼哭神號。

『啊啊啊——誰——誰！』

『好難聽！叫他們住手——』

老媽從容的拿著手機，播放著她內存在手機裡的經文，我想起了平常在家裡，她也是用這種模式播放經文，再跟著唸經的。

我都要肅然起敬了！

「老媽！這太強了！」

「我下載那個大禮包的，裡面什麼經都有！」老媽隻手扠腰，驕傲的咧！

我焦急的看向上方，牧童從容不迫的坐了下來，滿臉幸福洋溢，一臉如沐春風，旁邊的黑道皮哥他們狀似痛苦，但是卻忍著跪坐聆聽，連經文也是看鬼的性質而有變化的嗎？

「阿公阿嬤應該回不來了。」老弟失聲而笑。

「老媽也太厲害了！」我忍不住讚美，一回頭，老爸跟老媽已經虔誠的一起唸起經文來了。

事不宜遲，我跟老弟趁機詢問著當年死去三位大哥的名字，我們用石片尖角上刻下白色的痕跡，一人一座；最後為表示慎重，我們還是決定爬出水窪，應該在上方立碑才是。

阿公阿嬤也有，我們從小就知道他們的名字，至少老爸老媽都會背，將他們放在一起。

將老爸老媽也拉上來後，重新正式的開始掃墓祭祀，跟著老媽一步一步做，由於屍體無法挖出，所以我們就清理周遭，煞有其事的壓五色紙，就算我們冷得要命，全身又髒又臭又是水，但我們內心絕對虔誠得不得了。

因為這是我跟老弟人生第一次掃墓，雖然跟想像的有點不一樣……好，差很大，但終究還是掃了。

每個墓前都有香、都有祭品，然後就是取出老弟背包裡的金紙，老弟向來細心，他的金紙外面有了兩層塑膠袋裝，即使剛剛沉進水裡也沒浸濕，完全沒問題。

「準備先拜后土再拜祖先。」老媽萬事具備。

「后土啊……沒有土地公怎麼辦？」老爸拿著香有些犯愁。

「誰說沒有！」老媽直接取下自己的護身符，朝旁插在土裡，「這個就是！」

嗯……我沒有經驗，我不知道這樣可不可以，但護身符上面的確繡著土地公爺爺啦！我想一樣都是拜拜加匯款，土地公應該不會太介意吧？

所以我們還是照樣祭拜，然後焚燒金紙，燒完金紙後燒銀紙，我們很公平的分配給三個大人，一份一份的燒，襯著背景不絕於耳的經文聲，希望他們好走，也希望能多少幫老爸補償些。

整個過程中，老爸始終低著頭，邊燒著紙同時唸唸有詞，或許是道歉，或許是求得原諒。

二十五年前的錯誤，膽小的逃避，終究還是要還的。

「只是為什麼還到我們身上？」

掃墓告一段落，我們有氣無力的坐在墓前休息，看著三個火堆裡的餘燼，我開始覺得虛脫。

「這大概就是父債子償的道理！」老弟無奈的搖頭，「是不合理沒錯，但債權人只想要收回他的利益，誰管你合不合理！」

「馬的我超累！」看著自己冰冷的手時，我才緊張的想起要緊事，「老弟，你的右手怎麼樣？」

老弟緩緩抬起右手，看起來不太舒服，「說不上來，都沒有外傷，但就是有點無力。」

「你回到身體裡時，手有撿回來嗎？」這對話好扯，但我還是得問。

老弟皺起眉，認眞的試圖回憶，但相當困難，「我其實是被身體吸回去的，我看見妳被老媽拉起，然後就回頭想擠出阿公，接著也不知怎麼了就回到身體裡了。」

唉呀，這種不知道好糟，但是我們卻束手無策……我想問問正港的亡靈們有什麼辦法，但是朝旁看去時，卻誰都看不見了。

「怎麼都不見了？要走也不說一聲？」很沒禮貌耶。

「……呃，牧童也……」老弟指著應該在我們身後的男生，也已經不見蹤影。

我焦急的站起，因爲疲憊還有點不穩，趕緊跑到後方去到處尋找，「牧童！大哥！喂！你們怕經文嗎？」

我扯開嗓門喊著，放眼看去就是一片荒煙蔓草，除了我們毫無人煙，我還差一點踩到別人墳頭，是跟來的老弟及時拉住我，才沒有整個人翻下去……但是半彎著腰的我卻看見了不對勁的東西。

「那個，是什麼？」

我人在某個人的墳丘上緣圍石邊，身子被老弟扯住所以彎著腰微晃，下頭有個石頭小屋，好像是我記憶中的……

「土地公？」老弟茫然的回覆，倏地環顧四周。

我穩住重心後也開始朝附近查看，這附近所有的墳墓裡，全部都有土地公！

我驚愕的抬起頭，那深灰色的天曾幾何時已經透出亮光，現在是灰濛濛陰沉的天色，而且是白天。

腳下的土是濕滑的，天空這時也不客氣的開始滴雨，雨絲紛飛，厚重雲層裡雷聲隆隆。

「啊有土地公捏！」老媽從我們的舉動也發現了，「那座也有人拜過了！」

老弟走回時帶著抹欣慰笑容，「我們回來了……」

他手裡搖著手機，訊號很弱，但至少有，各種社群訊息不停跳出，斷訊已久的我們一口氣接收到所有訊息。

我無力的笑了起來，又累又氣又難受又想哭，所以情緒一擁而上，但我現在最想的是——「好煩，我想洗澡啊！」

老爸依然跪在那兒，認眞的拜著，我們趕緊把雨衣穿妥，迎接看來又要變大的雨勢，這樣應該也不必澆熄灰燼了，等等大雨會把火全數澆掉。

「我沒問牧童名字耶！」我有點不安，「明明答應要給他一個……」

腳尖踢到了東西，土裡有東西迎風晃動，我好奇的抓住那流蘇般的物品，使勁扯了出來，是一圈布條，在土裡非常的髒，而且尾端的布都開花了。

「這是……繩子嗎？比較像布！」一條寬三公分的素布條，看上去有年代了。我沒敢搓，因爲剛剛才用力好像布就要爛了。

「啊！小牧？」起身的老爸轉身走來，小心翼翼的接過了那條布，「這是小牧的。」

「小牧，牧童……」老弟倒抽一口氣，「老爸，你認識牧童？啊剛剛怎麼都沒說？」

「牧童，剛剛那個男生嗎？我不認識！」老爸幽幽的看著布條，泛出一抹笑，「我的小牧是條土狗，之前在半路上遇到的，跟著我有一頓沒一頓，但就是一直在我身邊，這條是我頭巾，繫在牠頸子上很拉風啊！那晚在這裡之後就走丟了……我也沒敢回來找，原來你留在這裡了嗎？」

全部都有關聯。

打從一開始，牧童應該就認出老爸了吧！那個雨夜，牠爲什麼留在了這裡？看起來也已經離開很久，布條埋在土裡，那小牧呢？

雨再度下大，老媽把手機好生的收妥，拿起附近的樹枝確認燒紙錢的餘燼已滅，領著我們再三對著逝者拜了拜。

「這邊的遺體再請人來挖，撿骨。」老媽拍拍老爸，「等天氣好一點，該處理的還是得處理。」

老爸點了點頭，沉痛的握著小牧的那條布圈，嘆了口長氣。

「走吧！下山吧。」他朝向我們喚著，「我們掃完墓了。」

是啊，掃完墓了。

我們家很奇怪，從來不掃墓，但掃這麼一次墓，大概就足以令我永生難忘了。

老爸用當年那筆「基金」，請人開挖了那個水窪，裡面果然找到了五具遺骨，詭異的是都沒有化成白骨，而是成了一種黏糊狀的溼性木乃伊；師父們臉色凝重，表示這是變異，做了相當正式煩瑣的法事後，最終火葬處理。

老爸自然堅持分開，爲每個人都買了塔位，設下牌位，好好的祭拜，對於「阿公阿嬤」，老爸依舊不改初衷，只是老媽建議如果這麼邪，是不是放在特別一點的地方，例如菩薩麾下之類的。

師父深表贊同，也都協助處理，因此阿公阿嬤最後被安置在非常特別的地方。前後歷經三個月，一切處理妥當，以後要見面可以到塔裡看他們，再也不必去掃墓了。

是啊，這種掃墓，一次就夠了，我承受不起第二次。

至於牧童，牠的遺骨就在撿到紅布條的下方，化爲白骨的狗兒，現在裝在他當初給我的容器裡，就放在我家神桌上，那傢伙鋪這個梗鋪很久哩。

事情終告圓滿，我們全家都快累死了，但心裡也踏實許多！看著老媽燒香對著唐家祖先報告這件事，我感覺超奇怪。

「所以我們到底姓什麼？」我好奇的問。

拿著香的老爸微怔，握著香朝我們看過來，堅定不已，「就姓唐。」

他承諾的事，終身不會改變。

老弟聳聳肩，突然拍拍我表示有事，我們閃回房間；此時的老弟已經恢復正常，據師父說，他的靈體受損沒錯，但休養一陣子後就沒事了，當時的斷手有跟著靈體一起回來，中間有動物靈的協助。

不參與打架，不過小牧還是中間幫了不少忙嘛！

那天雖然折騰得很慘，發冷發抖，還撞鬼被上身，但回來後我們兩個連感冒跡象都沒有，只是喝到那潭「水」的記憶實在太噁，可以的話不想再有下次，每次想起來，都得買杯綠豆沙牛奶來壓壓驚。

害怕什麼，就得面對什麼對吧！

「怎樣？」我抓起綠豆沙牛奶大口喝著。

「冤有頭債有主，老爸沒殺他們，爲什麼針對老爸？」老弟開門見山，「牧童說的，許可令不會隨便發。」

喝著飲料的我一怔，略圓睜雙眼，「你什麼意思？」

「妳早就想到了，別唬我。」老弟壓低了聲音，從門縫看著準備要去散步的老爸老媽，他們領養了一隻跟小牧一樣的狗兒，要去溜狗呢。

小狗很開心的吠著，全新的項圈就寫著小小牧，老爸老媽有說有笑的牽著牠出門。

「我是不懂當年的狀況，如果是走火開槍，突然爆發一連串的衝突導致死亡，就幾秒鐘的事吧？爲什麼小弟頭顱凹裂、皮哥頸椎骨斷掉只剩層皮？」我直到關門聲響才吐出疑問，「只有大牛一家的死法符合老爸的記憶，是被槍走火打死的！」

「仔細回想，說什麼都不清楚的人卻好像都知道？說沒掃過墓的人卻知道通往阿公阿嬤墓穴的路很遠、不是人走的路，甚至知道沒地方停車？」老弟細細的把那天的事重整了一次。

我抿了抿唇，雙手抱胸，「拼命幫老爸說話，一直阻止我們逼問老爸，彷彿什麼都知道——最絕的是眞相爆發，老爸不是她的正港未婚夫，老媽回來也絕口不提此事！」

「嗯哼，大牛是不是也說過，事情沒這麼簡單，不全是老爸的錯？」老弟的眼神閃過一絲詭異，「所以妳覺得……」

到底是誰殺了他們？

男孩全身濕透，十指染血、手都磨破了也不停手，用一根粗木在大雨中費盡千辛萬苦，終於把五具屍體掩埋好；但其實他手眞的太痛了、氣力也耗盡，所以屍體埋得不深。

手腳嚇得直發抖，埋妥後還立了石頭爲碑，沉痛哭喊且一拜再拜，「對不起，我真的不是故意的！我、我一定會盡量補償你們的！」

他手裡握著裝滿鈔票的提袋，打算從今以後以「唐阿豐」的身分活下去。天空中一記響雷，就嚇得他魂飛魄散，「哇……對不起！我說眞的！」

他轉身跑走，角落裡一隻頭子繫著紅色頭巾的土狗跟著站起，「小牧！走！走囉！」

小牧汪了聲，跟著男孩在夜色的大雨中奔跑。

大雨落在土裡，也包括了男孩剛剛掩埋的土坑，但此時土壤鬆動，一隻手從裡頭篡了出來！

跑遠的狗兒突然停下腳步，不安的回頭看去，再看著前方嚇得狂奔的主人後，牠卻選擇往返跑。

「幹……幹！」黑道大哥使勁從土裡爬出，「居然是……那混帳偷的錢！」

身邊的土裡也竄出了瘦小的小弟，他的頸子一道道切口血流不止，但只差半寸就傷及頸動脈，所以還能活著。

「眞的不是大牛……」小弟疼得說不出話。

「我的錢誰都別想動！我要折磨那小子！讓他把錢吐出來……還害得我這麼慘！」黑道大哥咬牙，一股作氣的想用雙手撐著爬上來，結果遠方一隻狗突然跳撲而來！「幹！」

土狗緊緊咬住他的手，凶惡的低吼著，大哥哇哇大叫，舉起了沒離手的刀子，發狂的朝土狗頭顱刺進去！

「嗚……嗚……」狗兒拼盡全力不想鬆開嘴，但最終還是在殘忍的攻勢下斷了氣。

「果然是他！那隻狗就是一直跟著他的！」小弟也忿忿不平。

「去他的！」黑道大哥怒不可遏的把土狗隨便甩開，就要爬出土穴，身後的小弟沒有遲疑，即刻上前用身體頂著大哥往上，「我會那讓小子血債血償！」

鏘！一記重擊突然從頭部擊上，老大直接落回土坑，嚇得措手不及！他不明所以的看著上頭的人影，對方手持鐵鍬，大雨與血滴進他的眼睛裡，使他看不清。

「沒有道理因爲你們這種人，害得大家都不安寧。」

發抖的聲音象徵著恐懼，但來人的動作絲毫不含糊，拼了命的用鐵鍬阻止他往上爬，趁機爬上去的小弟在慘叫一聲後，也被扔回了土坑中，鐵鍬狠狠的砸爛了他的頭。

黑道大哥執刀的手也被鐵鍬斬傷，接著便是一連串的攻擊，在頸子被鐵鍬斬斷前，他腦子裡只有兩個字：女人？

來人將那片土重新挖開，必須挖得更深，不能讓他們的屍體太快現身，否則那個男生逃不過的！好不容易能有新的人生，不能因為這些人渣毀掉……對，不能。

來人重新掩埋妥當後，回身看向已經沒了氣息的小狗，雙手即使已經破皮，她還是原地再為小狗挖了個坑，把牠埋了下去。

「你放心，你的主人我會照顧。」來人將布巾取下，埋在較上層的地方，希望未來能當一個信號，標註牠在的位子。

雨越下越大，來人最後也離開了那裡，在路上找個深溝將鐵鍬扔棄，冒著雨跌跌撞撞的前往原本目的地；她就是被媽媽抵押給「唐家」還債的，她原本是想先找到唐阿豐，請他拒絕，她不想就這樣被賣掉，什麼年代了連自己的戀愛、婚姻都無法做主，這也太扯。

她選擇走捷徑避免被找到，越過兩個山頭過來，卻看見了驚人的事件，也看見了她的「未婚夫」一家，剛剛慘死在她面前。

但是，她也知道，有另一個人會以她「未婚夫」的身分重生。

膽小卻偷錢，反應慢且激動，這麼脆弱的人卻又哭著，不顧雙手磨破，用效益極低的木樁爲他們立墳、還承諾要繼承對方血脈時，她突然覺得有點感動。

說不定，跟著那個人，會比待在家裡好……因爲如果就這樣回家，誰知道下一次媽媽會把她抵押給誰？

那不如，就跟著這個「唐阿豐」吧。

後記

【Div（另一種聲音）】

有榮幸收到邀稿的時候，有猶豫一下，因爲距離上次寫恐怖故事，已經不知道多久以前了……

說起恐怖故事，懷念的情緒倒是大過害怕的情感，還記得自己還是大學生時，那個夜晚，我獨自一人縮在宿舍椅子上，燈光昏黃，外頭飄雨，一字一字打下「抽鬼」故事的時刻。

而當我一放上網路，老友們，有的是純粹的讀者，有的則是同樣熱愛寫作的友人，紛紛留言，與我暢談故事點滴。

恐怖故事，對我而言，有如青澀青春的一部分，透過故事正在探索未知的世界，令人何等懷念。

如今，時光已經過去多年，感謝老友邀稿，讓我得以重溫這懷舊的恐怖時光。

感謝妳。

【星子】

這篇故事負責帶領「故事鏡頭」前進的角色，是姐姐家宜和弟弟家瑋；但肩負著整個故事世界觀的核心角色，其實是爺爺和奶奶。

最初我難以決定爺爺應該是怎樣子的爺爺——

是平時有點痴呆，到了緊要關頭又能睿智解決問題的奇異角色？

還是話多活動力強，十分搶戲的老頑童角色？

又或是神祕陰沉、道行深厚的仙人型角色？

最後我決定把爺爺寫得普通一點——當然，爺爺年輕時必定陪伴奶奶經歷了一些不那麼普通的事，才讓他可以從容平和的面對王老爺子和小男孩。

「平凡裡的不平凡」就是我想要在這一家五口的故事裡經營的氣氛，過去我寫過許多飛天遁地、斬妖伏魔的故事，這次想換換口味，寫點比較貼近日常生活，但是又和眞正的日常不太一樣的故事。

【龍雲】

大家好，我是龍雲，很高興在這邊跟大家見面。

清明節是農曆的二十四個節氣之一，也是傳統的節日。

有在經營社群網站的我，每次到了大家可以放假的時候，不免俗地會在網站上，祝大家節日愉快。

然而到了清明節的時候，這似乎有點不太對勁。

畢竟這個節日，是給大家去掃墓與慎終追遠，紀念與追思已經離世的家人，所以說祝大家清明節快樂，似乎眞的有點怪怪的。

雖然不記得最後每一年，自己有沒有祝大家清明節快樂，但是每每到了這個節日，同樣的糾結與掙扎又會再度浮現心中。

所以在想要以清明節爲題材，創作一個短篇的時候，這樣的心情又再度出現在自己的記憶之中。

後來我心想，與其每年都在那邊糾結可不可以這麼說，不如提出一個可以正大光明跟大家說清明節快樂的原因，才誕生出這樣的短篇。

結果在寫的過程中，發現其中有些段落，自己還蠻喜歡的，有種希望可以在這邊好好發展的感覺，但是因爲字數的關係，沒辦法隨心所欲。

然後寫完之後，實在感覺不出這篇可以讓自己正大光明在未來跟大家說清明節快樂，畢竟大家又不是我妹。嗯，這大概就是所謂的忘記初衷吧？

所以我想到頭來，每每到了這個節日，我還是會繼續糾結下去。

最後，還是希望大家會喜歡這次的短篇，謝謝大家。

【笭菁】

小時候背誦的第一首關於清明節的詩，就是杜牧的這首〈清明〉：

清明時節雨紛紛，路上行人欲斷魂。借問酒家何處有，牧童遙指杏花村。

我之前寫過掃墓相關的禁忌，當然重複就不好玩了，便以這首詩為題，好好聊聊路人行人欲「斷魂」還是欲「斷」魂，主動與被動的差別，以及聊聊關於杏花村這間國際大飯店囉！

而最近寫的CP太多，這次決定寫姐弟，生長在一個特別歡樂的家庭，我還挺喜歡這樣的設定，寫得開心熱鬧最重要！

細節都在故事裡了，大家慢慢體會；大義滅親比想像的難很多，很多時候至親再壞都還是至親，而父母有一兩個祕密也是正常的；還有，那些看起來溫和無害的，有時候其實……（遠

境外之城 116

詭軼紀事・壹：清明斷魂祭

作　　者／Div（另一種聲音）、星子、龍雲、笭菁
企畫選書人／張世國
責 任 編 輯／張世國
發　行　人／何飛鵬
副 總 編 輯／王雪莉
業 務 經 理／李振東
行 銷 企 劃／陳姿億
資深版權專員／許儀盈
版權行政暨數位業務專員／陳玉鈴
法 律 顧 問／元禾法律事務所　王子文律師
出版／奇幻基地出版
城邦文化事業股份有限公司
台北市 104 民生東路二段 141 號 8 樓
電話：(02)25007008　傳真：(02)25027676
網址：www.ffoundation.com.tw
e-mail：ffoundation@cite.com.tw
發行／英屬蓋曼群島商家庭傳媒股份有限公司城邦分公司
台北市 104 民生東路二段 141 號11 樓
書虫客服服務專線：(02)25007718・(02)25007719
24 小時傳眞服務：(02)25170999・(02)25001991
服務時間：週一至週五09:30-12:00・13:30-17:00
郵撥帳號：19863813　戶名：書虫股份有限公司
讀者服務信箱 E-mail：service@readingclub.com.tw
歡迎光臨城邦讀書花園 網址：www.cite.com.tw
香港發行所／城邦（香港）出版集團有限公司
香港灣仔駱克道 193 號東超商業中心 1 樓
電話：(852) 2508-6231 傳真：(852) 2578-9337
馬新發行所／城邦（馬新）出版集團
【Cite(M)Sdn. Bhd.(458372U)】
11, Jalan 30D/146, Desa Tasik,
Sungai Besi, 57000 Kuala Lumpur, Malaysia.
電話：(603) 90578822　傳眞：(603) 90576622

封面版型設計／邱哥工作室
排　　版／極翔企業有限公司
印　　刷／高典印刷有限公司
■2021 年（民 110）3 月 30 日初版一刷

售價／340元

國家圖書館出版品預行編目資料

詭軼紀事・壹:清明斷魂祭/ Div（另一種聲音）、星子、龍雲、笭菁著 .-- 初版 -- 台北市：奇幻基地出版；家庭傳媒城邦分公司發行；2021.04（民110.04）
面；公分 . --（境外之城：116）
ISBN 978-986-99766-8-8（平裝）

863.57　110003513

ISBN 978-986-99766-8-8
Printed in Taiwan.

※ 本故事內容純屬虛構，如有雷同，純屬巧合。

廣　告　回　函
北區郵政管理登記證
台北廣字第000791號
郵資已付，免貼郵票

104台北市民生東路二段141號11樓

英屬蓋曼群島商家庭傳媒股份有限公司城邦分公司 收

請沿虛線對摺，謝謝

奇幻基地

每個人都有一本奇幻文學的啓蒙書

奇幻基地官網：http://www.ffoundation.com.tw
奇幻基地粉絲團：http://www.facebook.com/ffoundation

書號：1HO116　　書名：詭軼紀事・壹：清明斷魂祭

奇幻基地 20 週年 ‧ 幻魂不滅，淬鍊傳奇

集點好禮瘋狂送，開書即有獎！購書禮金、6 個月免費新書大放送！

活動期間，購買奇幻基地作品，剪下回函卡右下角點數，
集滿兩點以上，寄回本公司即可兌換獎品&參加抽獎！
參加辦法與集點兌換說明：
活動時間：2021 年 3 月起至 2021 年 12 月 1 日（以郵戳為憑）
抽獎日：2021 年 5 月 31 日、2021 年 12 月 31 日，共抽兩次
奇幻基地 2021 年 3 月至 2021 年 12 月出版之新書，每本書回函卡右下角都有一點活動點數，剪下新書點數集滿兩點，黏貼並寄回活動回函，即可參加抽獎！單張回函集滿五點，還可以另外免費兌換「奇幻龍」書檔乙個！

【集點處】（點數與回函卡皆影印無效）

1	2	3	4	5
6	7	8	9	10

活動獎項說明：

★ **「基地締造者獎 ‧ 給未來的讀者」抽獎禮**：中獎後 6 個月每月提供免費當月新書一本。（共 6 個名額，兩次抽獎日各抽 3 名）

★ **「無垠書城‧戰隊嚴選」抽獎禮**：中獎後獲得戰隊嚴選覆面書一本，隨書附贈編輯手寫信一份。（共 10 個名額，兩次抽獎日各抽 5 名）

★ **「燦軍之魂 ‧ 資深山迷獎」抽獎禮**：布蘭登‧山德森「無垠祕典限量精裝布紋燙金筆記本」。
抽獎資格：集滿兩點，並挑戰「山迷究極問答」活動，全對者即有抽獎資格（共 10 個名額，兩次抽獎日各抽 5 名），若有公開或抄襲答案者視同放棄抽獎資格，活動詳情請見奇幻基地 FB 及 IG 公告！

特別說明：

1. 請以正楷書寫回函卡資料，若字跡潦草無法辨識，視同棄權。
2. 活動贈品限寄台澎金馬。

當您同意報名本活動時，您同意【奇幻基地】（城邦文化事業股份有限公司）及城邦媒體出版集團（包括英屬蓋曼群島商家庭傳媒股份有限公司城邦分公司、書虫股份有限公司、墨刻出版股份有限公司、城邦原創股份有限公司），於營運期間及地區內，為提供訂購、行銷、客戶管理或其他合於營業登記項目或章程所定業務需要之目的，以電郵、傳真、電話、簡訊或其他通知公告方式利用您所提供之資料（資料類別 C001、C011 等各項類別相關資料）。利用對象亦可能包括相關服務的協力機構。如您有依個資法第三條或其他需要協助之處，得致電本公司（(02) 2500-7718）。

個人資料：

姓名：＿＿＿＿＿＿＿＿＿＿ 性別：□男 □女

地址：＿＿＿＿＿＿＿＿＿＿＿＿＿＿＿＿ Email：＿＿＿＿＿＿＿＿＿＿

想對奇幻基地說的話或是建議：＿＿＿＿＿＿＿＿＿＿＿＿＿＿＿＿＿＿＿＿＿＿＿＿＿＿＿＿＿＿

＿＿

奇幻基地 20 週年慶‧城邦讀書花園 2021/12/31 前樂享獨家獻禮！
立即掃描 QRCODE 可享 50 元購書金、250 元折價券、6 折購書優惠！
注意事項與活動詳情請見：https://www.cite.com.tw/z/L2U48/

FB 粉絲團　戰隊 IG 日常　讀書花園

請剪下右側點數，貼於集點處，集滿兩點即可參加抽獎

1P 2021